講談社文庫

火蛾

古泉迦十

講談社

目次

火蛾《ひが》

――行者《デルヴィーシュ》よ。

声がした。

まるで遠い日の記憶のように、なつかしく、淡い声だった。

夜――眠りの刻《とき》。
生あるものも、死人のように安らぎ、鎮《しず》まる時間。
ただ蠟燭《ろうそく》の火だけが暗闇に、かすかな光を燈《とも》している。
心地よい眠気が、身体の中枢《ちゅうすう》からとろんと溶けだしてゆく。
まぶたが重くなる。
目のまえの風景がかすんでゆく。

不意に香のような匂いが、鼻をかすめる。

声が、

遠くで、声が聞こえる。
そう。……

——神の名《エスメ・ホダー・チイスト》は、なにか。

それは、なつかしき響き、父祖の言葉。
そして、わたしの身体は母語の産衣《むつき》にくるまれながら、眠るように、前のめりに崩れていった。……

第一章　行者アリー

その《物語》は、どこか夢がたりめいた口ぶりで語られた。

ヒジュラ暦六世紀。

西暦でいえば十二世紀ごろ。

詩人であり、作家であるファリードは、とある穹廬《きゅうろ》（テント）のなかに坐していた。

かれはかねてより、神の友たる聖者《アウリヤー》たちについての、ペルシア語による伝記録編纂《へんさん》を志していた。諸国を遍歴し、蒐集《しゅうしゅう》した多くの逸話、伝承のたぐいを、ときに取捨し、ときに補筆し、ひとつの聖者列伝として紡《つむ》ぎあげようというわけである。最近では取材旅行も一段落がつき、もっぱら家に引きこもって、蒐《あつ》めた資料群の隙間を埋めるべくアラビア語文献を渉猟《しょうりょう》する日日を過ごしていた。

そんなおり、かれは、とある高名な聖者《ワリー》にかんする噂を耳にした。なんでも、その聖者の法燈を継ぐ人間がいるというのである。

その聖者については、説話や伝承こそ数知れず採集することができたのだが、その教派につらなる人間には直系であれ傍系であれ、ついに会《かい》すことができなかった。

そんなわけでかれは喜び勇んで出廬《しゅつろ》し、遠路もいとわず、はるばる取材におもむいたというわけである。

それが、この穹廬だった。

形状は遊牧民がつかう円蓋《えんがい》形の穹廬に似ているが、寸法はひとまわり小さい。天蓋《てんがい》に煙穴はなく、日の光がすべて山羊《やぎ》の毛で編まれた天幕によってさえぎられるため、なかは昼というのに異様にうす暗かった。

だからだろう、かれの目のまえには蠟燭が燈されている。

不純物が多く混じっているらしい茶褐色の、粗悪な蠟燭である。

煙が筋になって、狭い穹廬のなかを渦巻いている。少少息苦しいかんじであった。

そのなかで、聞き手であるファリードは、覚書きもとらずにただ黙黙と、取材相手である語り手の話に耳をかたむけていた。

語り手の男は、アリーと名乗った。

アリーは整然と坐を組み、ファリードに対座している。細く痩《や》せた顔、伸びるにまかせた鬚髯《しゆぜん》、痩身《そうしん》に貼りつくようにまとわれた粗末な衣――その外貌はいかにも禁欲主義に身を修《おさ》める神秘家然《ぜん》としていた。

しかし、その静寂をまとったような雰囲気とは裏腹に、かれは饒舌《じようぜつ》で、その弁舌には澱《よど》みがなかった。

その口から語られるのは、アリーという名の行者を主人公とした、ひとつの物語であった。

しかし、それがこの語り手自身の話であるかどうかは、はっきりしない。語り手の男はむしろ、焦点の定まらぬ半眼のまま、その物語をまさしく他人事《ひとごと》のような口ぶりで語っていた。

《物語》はまず、主人公アリーの来歴からはじまる。――

アリーが聖者ハラカーニーのもとを訪れたのは、ひとつの出逢いがきっかけであったという。

奇蹟——といってもよい。

かれは当時、とある教団に属する、一介《いっかい》のスーフィーであった。

*

人類の得た最後の預言者ムハンマドを開祖とするイスラームの教えは、時を経るにしたがって多くの支流を産みだしていった。

まず、ムハンマドの後継者たる教皇《カリフ》の正統性をめぐり、シーア宗がうまれた。かれらはムハンマドの従弟であり女婿《じょせい》のアリー・ブン・アビー・ターレブとその子孫のみを、イスラームの教えを伝える正統な指導者《イマーム》として認めたことから、アリー党《シーア・アリー》とよばれた。それがシーア宗の名の由来である。シーア宗はまたイマームにたいする解釈のちがいから、さらに数多くの分派へと枝分かれした。

分派したシーア宗にたいして、他のムスリム（イスラーム教徒）たちは、預言者の教えをもとに緻密《ちみつ》な法体系《シャリーア》を築きあげ、現実社会への実践をこころみた。かれらの教派はスンナ宗とよばれ、のちにムスリムの大多数をしめることとなる。ちなみにスンナとは、かれらのイスラーム法を形成する主要素となった、預言者ムハンマドの言行を意味する。

一方でこうしたスンナ宗の世俗的、外面的な在り方にたいする反撥の動きもあった。コーランやスンナの解釈に口角泡《こうかく》を飛ばすばかりの、形骸《けいがい》的な律法主義に陥《おちい》った者たちに不審をおぼえた人びとは、不可視次元に存在する神の領域への直接到達――《内面への道》にこそ絶対帰依《イスラーム》の真の在り方がある、と考えた。

かれらこそがスーフィーとよばれる人びとで、その考え方はスーフィズム《タサッウフ》――すなわちイスラーム神秘主義とよばれた。スーフィーの名は、かれらが羊毛《スーフ》で編まれた粗末な着物を好んで着ていたことに由来する。

スーフィーとは、誤解を恐れずいえば神秘主義者であり、神の道に生きる修行僧であった。ジャイナ教徒や、仏陀《ブッダ》の門徒における密教僧《みっきょう》に近いといえば近いのかもしれない。いずれ僧侶や牧師などという職業的な宗教者の存在しなかったイスラーム社会において、その出現はじつに特異なものとして受けとめられた。

スーフィーは世俗社会から隠遁《いんとん》し、徹底的な禁欲主義と激しい自己修練のすえに自我の滅却《めつきやく》と神との逢遇《ほうぐう》を追求し、そのはてに神との合一をはかろうとした。優れたスーフィーは聖者《ワリー》とよばれ、そのもとには多くの修行者がつどい、神秘主義教団を形成することになる。

アリーもまた、そうした教団に属する修行者《デルヴィーシュ》のひとりであった。

もともとアリーの家では、祖父の代までゾロアスター教を信仰していた。

実際、かれは幼いころ祖父の葬儀に参列しているが、そのときの記憶にある葬儀の風景はまさに、ゾロアスター教のそれであった。

すなわち、鳥葬《ちょうそう》である。

ゾロアスター教徒は霊魂をその肉体もろとも昇天させるために、屍体を風葬場に放置して、野鳥についばませる。そうすることで故人の霊は鳥とともに天国へ昇るとされ、同時に大地から不浄の屍体が除かれて衛生的でもあるという。

しかし、そんな理屈を知らぬ子供にとって、その光景はあまりに強烈すぎるものであった。

裸にされた祖父の屍体が葬場に運びこまれると、さっそく屍臭をかぎつけた猛禽《もうきん》が群をなして上空を旋回しはじめる。人間が屍体をのこして葬場を離れるやいなや、鳥たちは急降下して、猛烈な勢いで屍肉をついばみ、喰い尽くしてしまう。――その異様な光景はアリーの幼心に、ゾロアスター教にたいする拭《ぬぐ》いがたい嫌悪感を植えつける結果となった。のちにかれが宗教にたいして、潔癖性のごとく純粋性を追い求めるようになったのも、このときの体験によるものかもしれない。

アリーの一族で最初にイスラームに帰依《きえ》したのは、かれの父親である。父は、はやくに家伝のゾロアスター教に嫌気がさして、商売のため家を出たのを機に、シーア宗イスラームに改宗してしまった。

祖父の葬儀こそ、その遺志を尊重して鳥葬をおこなうことに反対しなかったし、息子アリーが祖母に手をひかれて参列するのも止めなかったが、自身は鳥葬を蛮習だといって、けっして参列しようとはしなかった。

そんなわけで父が家長の座につくと、家に残っていたゾロアスター教にかんする諸《もろ》諸《もろ》の儀礼、習俗は廃棄され、すべてイスラーム色に塗りかえられた。

父は家人たちにシーア宗イスラームの教えを熱心に説いてまわり、とくに息子アリーの教化には力を入れた。幼いころからわざわざ教師を招いてアラビア語やコーラン解釈を学ばせたり、自身も暇があれば、シーア宗歴代指導者《イマーム》の逸話や伝承を得得《とくとく》と語り聞かせたりもした。

ちなみにアリーの名が、第四代教皇《カリフ》でありシーア宗初代指導者《イマーム》であるアリー・ブン・アビー・ターレブに由来することはいうまでもない。

ところが、その聖《ひじり》なる名を戴《いただ》いた子は長《ちょう》じるにしたがって、父の説くシーア宗の教えに疑問をいだくようになった。わけて得心《とくしん》できなかったのが、シーア宗の指導者《イマーム》崇拝であった。

シーア宗徒は歴代のイマームにたいして、なかば狂信的とも思える信仰をささげる。その信仰対象は、《イマームより出《ザ》でしもの《デ》》――イマームの子孫やその聖廟にまでおよぶほど徹底したものであった。

しかしアリーには、こうした崇拝が、唯一神アッラー以外への信仰を禁じたイスラームの教えにたいして、はっきり抵触《ていしょく》するようにおもえたのだ。

告げよ、「これぞ、アッラー、唯一なる神、
もろ人の依りまつるアッラーぞ。

子もなく親もなく、
ならぶ者なき御神ぞ」

――コーラン第百十二章

神は預言者ムハンマドの口を借り、そう宣した。

イスラームの教えでは、預言者ムハンマドにたいしてさえ、神性をあたえたり信仰の対象とすることを禁じているのである。

裕福な商家に生まれ、幼いころよりめぐまれた教育環境に育ったアリーは、コーランばかりか、預言者の言行録であるハディースの章句にも通じるようになっていた。

そんなかれが、シーア宗のイマーム崇拝に抵抗なく傾倒できるはずもなかった。

そうして一度生まれた疑念は加速度的に膨張し、しだいに熱心なシーア宗徒であった父との溝《みぞ》を深めてゆくことになる。

（父とわたしとでは、生きる道がちがうのだ――）

アリーは豁然《かつぜん》とそう考えた。

そしてかれは、家を出た。

若さゆえ血気にまかせたところもあったかもしれない。しかし同時に、宿命的ななりゆきだったともいえよう。かれは、とあるスーフィー教団の道場《リバート》に駆けこみ、スーフィーとなった。

ここに、行者アリーが誕生した。

＊

若き信仰者が、ときに教条主義を外面的、形式的と捉え、神秘主義に傾倒することはままあることである。もともとシーア宗は、たぶんに内面的色彩の濃い宗派であった。しかし、アリーにはなまじ学問があったため、神秘主義と同時に原典主義の方向へも深化していたようだ。

アリーが思慕していたのは、コーランに描かれた峻厳《しゅんげん》なるアッラーの姿であった。それは預言者ムハンマドでも、教皇《カリフ》でも、指導者《イマーム》でもなかった。

唯一にして至大なる神。――

すべての始原にして終極の存在。――

それこそが、かれの求めるすべてであった。

そんなかれに、その領域――不可視、不可侵次元――への到達を約束しえたのは、シーア宗のイマーム崇拝でもスンナ宗の律法でもなく、ただただ神秘主義——スーフィズムだけであったにちがいない。

もともとスーフィーというのは、修身的な禁欲主義者のことをいった。それが時を経るにしたがって、その禁欲主義は精錬され、そこに聖女ラービアの唱えた《神への愛》の思想が融合するにいたり、《自我消融》と《神人合一》を目指す神秘主義としてのスーフィズムが完成されることになる。つまり人は、このときはじめて神の領域に架す梯子《はしご》を得たといえよう。

そういった意味でも、アリーがスーフィーを志したのは、なかば必然といえた。かれにとって神秘道《タサッウフ》とは、《恋い焦がれるもの》としての神を徼《もと》める唯一無二の道であったのだ。

アリーが入門した道場《リバート》は、ある町はずれの、こぢんまりとした、煉瓦《れんが》造りの建物にあった。隣には、おなじくこぢんまりとした礼拝所《モスク》が建っていて、周辺の人びとに信仰の場を提供していた。

ここでアリーは導師《ピール》のもと、門弟《ムリード》として修道生活を送ることになった。

スーフィズムにおいて、導師の存在は不可欠である。教えは導師から弟子へと伝承される師資相承《ししそうしょう》のかたちで伝えられ、導師の一言半句はすなわち弟子にとっての絶対法であった。すべての修行は導師の指導のもとにおこなわれ、一般に導師なき求道者の修行が実をむすぶことはないといわれている。

そこで入門にあたって、入門者はまず導師と右手をにぎりあうことで、導師にたいする絶対的な忠誠を誓わなければならない。

そして、頭を落飾《らくしょく》——剃髪《ていはつ》して、世俗世界とのつながりを断ち切るのである。導師からは帽子と皮袋、杖、そしてスーフィーの身の証《あかし》ともいうべき粗衣がさずけられる。フェルトでできた帽子は禿頭《とくとう》の上にかぶるもので、その上からターバンを巻いた。皮袋は物慾を誡《いまし》め——つまり皮袋にはいる以上の私物の所有を禁じている——、粗衣は行者の清貧をあらわす。つまりこれらの装具は、行者の外見的シンボルでもあった。

行者の生活は、判で捺《お》したように規則的な日日の連続からなる。ムスリム（イスラーム教徒）の義務である五度の礼拝によって区切られた一日は、畑での農作業をのぞけば、ほとんどの時間が修行にあてられる。修行はコーランの読誦《どくしょう》、祈念、聖句の連唱、瞑想などである。

また食事もきわめて禁欲主義的で、断食月の際の断食はもちろんのこと、それ以外の日においても太陽が出ているあいだの食事は禁じられていた。行者は日没後がつねの食事時間なのである。当然、食事の内容自体も粗末なものである。

睡眠時間はごくみじかく、徹夜の修行もめずらしいことではなかった。


アリーが入門したとき、道場《リバート》にはすでに十人ほどの門弟がいたが、かれはそのなかで、めきめきと頭角をあらわしていった。なによりその大きな原動力となったのは、かれにアラビア語の素養があったことである。かれは入門と同時にその能力を買われ、師兄弟たちのアラビア語の講師をまかされることになった。また、高名なスーフィーたちの著したアラビア語文献の数数《かずかず》を、ほかのだれより多く読むことができた。量的にも質的にも、かれの学識はほかの門弟たちをはるかに抜きん出ることになったのである。

かといって、かれは傲《おご》ることもなく師資の礼を尽くしたので、導師や師兄のおぼえもよく、しだいに教団のなかで特別な地位を占めるまでになっていった。

そうして、五年がすぎた。

＊　＊　＊

語り手はそこで、意味ありげに空咳《からぜき》をした。

どうやらここから、物語は本題に入っていくようである。

聞き手であるファリードはそれに応じて、律義に坐を組みなおした。

そのとき膝の下あたりに、硬い感触があった。石のようなものが地面に埋まっているらしい。そのままでは膝頭が痛むので、ファリードは重心をわずかにずらして、それを避けて坐した。

語り手はそんなかれに一瞥《いちべつ》もくれる様子なく、中空に目をやると、やはりどこか他人事のように、しかし饒舌に《物語》をつづけた。

＊　＊　＊

五年の歳月のあいだに、道場《リバート》での修行は完全にアリーの肉体の一部となっていた。外面的にも内面的にもスーフィーの名にふさわしい行者に成長していたと、かれ自身もひそかに自負をいだいていたほどであった。

そんな、ある夏の日のことだった。

正午の礼拝をおえて礼拝所《モスク》を出たかれに、門弟のひとりが声をかけた。

「アリー師兄、導師《ピール》がお呼びです」

「導師が？」

ふりかえると、がらんどうになったモスクのなかに、人影があった。

師が坐している。

アリーはひとりモスクのなかにもどると、師のまえに坐し、跪拝《きはい》した。師はおだやかな微笑をたたえ、よいよい、といって面《おもて》を上げさせた。

正面には、年老いた師の貌《かお》があった。

直接年齢を尋ねたことはないが、おそらく七十はゆうに越えているのではなかろうか。顎《あご》にはかたちのよい白い鬚《ひげ》をたくわえ、黒く焼けた顔には、主の歴史を知らしめるように無数の皺《しわ》が深く、鋭く刻まれている。その法統《シャリーフ》は聖者アムル・マッキーの流れをくみ、自らも預言者ムハンマドの血統を引いているという。若いころには幻視や水上歩行といった奇蹟をものしていたという話だが、残念なことにアリー自身は入門以来、師のそうした奇瑞《きずい》を拝する機会にはめぐまれていない。

目のまえにあった貌はあくまで好好爺然《こうこうや》と——じつに失礼な表現だが——していて、たえず穏和な表情をうかべていた。その親しみやすい人柄ゆえ、町の人びとからは父親か祖父のように慕われている。白い鬚と顔の皺が、かろうじてかつての威厳をうかがわせているにすぎない。

老師は、ほん、と咳ばらいした。

それが合図のように、アリーは姿勢を正した。しかし、なんの話がはじまるのだろうか——かれには、まるで見当がつかなかった。身におぼえもまったくない。その意味ではすこしばかり緊張した。

そのとき、ぶうん、と鼻先をかすめるものがあった。

蠅《はえ》である。

翅音《しおん》がうなり、蠅が蜚《と》びまわっているのがわかった。しかし師をまえにして蠅をはらうわけにもいくまい。目のまえを不快な影と音とが横ぎってゆく。自然と身体がこわばった。

老師は平然としている。気づいていないのだろうか。

遠ざかっていた音が、また近づいてくる。耳朶《じだ》をくすぐるように過ぎると、また遠ざかり、そしてまた近づいてくる。――その間断《かんだん》ない緊張と弛緩《しかん》の連続が、頭をかき乱さんばかりに、アリーをいらだたせた。まるで皮膚全体に発疹《ほっしん》がひろがったようで、全身がむず痒《がゆ》い不快感にさいなまれた。

突然、その波は途切れた。翅音が遠ざかって、きえた。

アリーはひそかに、安堵の息をもらした。

「ときに、アリーよ……」

代わって師の声が耳に飛びこんできた。どうやら老師はずっとなにかを話していたようだが、まるで耳に入っていなかった。

アリーは、あ、はい、と答えて、地面に沈んでいた目線をあわててもちあげた。

（あ――）

おもわず、声をあげそうになった。

蠅は、老師の頭上を旋回していたのだ。

それは、まるで値踏みでもしているかのように、小うるさく旋回していた。師はなにかを話している。しかしその言葉はまるで頭に入らない。聴いていられない。どうしても蠅から目が離せなかった。


天にあること、地にあること、すべて御存知。お前らがそっと隠していることでも、さらけだすことでも、すべて御存知。人間の胸の思いまですべて御存知。

――コーラン第六十四章

不意にそんな章句が頭をよぎった。

（ああ――）

蠅はいきなり、それまでの軌道をはずれると、大きく弧《こ》を描いた。陰に消えたかとおもうと、すぐまたべつの陰から現れて、それから一直線に老師の頭上へと降下した。

蠅は、老師のターバンの上に、ちょんと止まった。

師は気づかずにまだなにか話している。蠅は老師のターバン布の上を、その脚をこまかく動かして、いやしく歩いていた。嘲弄《ちようろう》するような動作である。もう蜚《と》ぼうともしない。ここが自分の居場所だといわんばかりに。まるでこの蝿は、老師の頭に巣くっているようにも見えた。

目を凝らすうちに、惹きこまれるように、蝿の動作のひとつひとつが目のなかに飛びこんでくる。――毛のように細い脚を器用に動かして、白いターバンの上をこそこそと歩き、あるいは脚をこすりあわせ、その翅《はね》をぷるぷると顫《ふる》わせたりしている。


「――五十章――」

アリーは我にかえった。

師の言葉だ。どうやら、なにかを問われているらしかった。五十章というのが、どういった脈絡《みやくらく》で出てきたものかはわからない。しかし、そこから問いの内容を推測するのは困難でなかった。

かれはコーランの第五十章を暗誦した。

老師は満足げにうなずいて、ふむ、といった。正解だったようだ。

「そうじゃ。偉大なるアッラーは、預言者ムハンマドの口を借りてわれらに語りかけておる。〝我らは人間各自の頸《くび》の血管よりもっと近い〟――と」

「はい」

かしこまって答えはしたものの、どこか生返事めいていた。

蝿は。——

「なにものより近く、なにものより遠い。それゆえに神智は深遠で、はかりがたいもの。祖師サリー・サカティー——かれに神の恩寵《おんちよう》あれ——のいわっしゃるとおり、おまえたち修行者《デルヴィーシュ》は天高く架かる神秘階梯《マカーマート》の一段一段を踏みしめてゆくしかないのだ。神秘階梯《マカーマート》とは行者の道しるべであり、至聖に通ずる唯一の道。——道場《リバート》での修行なぞ、その準備段階にすぎぬのだ。……わかるか、アリーよ」

「はい——」

神秘階梯《マカーマート》とは、スーフィーの修行の道筋を整理、区分したものである。

「そうか。……では、神秘階梯《マカーマート》の七段を、一段ずつあげてみるがよい」

老師はそういった。

アリーは余裕あふれる響きで、はい、と答えた。それは古今の文献に通じていたかれにとって、造作もないことであった。

「第一階梯は、《回心《タウバ》》——己の罪を認め、それを悔いあらため、真なる道《タリーカ》を歩むことを誓うものです」

「ふむ」

老師はゆっくりうなずいて、さきをうながした。

「第二階梯は、《遵法《ワラア》》──いつなんどきとも聖法を肉体に精神に刻み、その厳守と実践をおこなうものです」

「ふむ」

「第三階梯は、《隠遁《ハルワ》》──現世のあらゆる束縛を避け、ひとり修行に専心するものです」

「ふむ」

「第四階梯は、《清貧《ファクル》》──富を遠ざけ、富にたいする執着を棄て、神以外へのあらゆる欲求《リヤー》を断絶するものです」

「ふむ」

「第五階梯は、《心との戦い《ムジャーハダ》》──神への道をはばむいっさいの我欲《ナフス》を滅却するものです」

「ふむ」

「第六階梯は、《神への絶対信頼《タワックル》》──克己《こっき》のすえ、すべてを神にゆだね、満足《リダー》を得るものです」

「うむ――」

「そのはてに至上の第七階梯《境地《ハール》》――へと至ります」

「そうだ――」

老師は満足そうに手を拍った。その手は細く、枯れていた。

「――かつては聖者《アウリヤー》たちの歩んだ至聖の道。それがいま、おまえのいった神秘階梯《マカーマート》にほかならぬ。……アリーよ。おまえはわしの教えを守り、その階梯の段数を着実に重ねておる。ほかの門弟たちをはるかにしのぐ成果をあげておるといっても過言ではない」

「すべて導師のお導きのたまものです――」

と、かしこまっていうと、老師は、よいよい、と手をふって、

「すべてはおまえの不断の努力と神の恩寵によるもの。わしはすこしばかり手を貸しただけにすぎん……」

そこで老師は、ごほごほと咳きこんだ。痰がからんだのか、かああっと喉を鳴らした。

「……ん、ああ。……そこで、そうとはいっても、階梯ははてなく高きもの。おまえ

はいまようやく、第三階梯に至ったといえるだろう。して、第一階梯が第二階梯の準備段階であるように、第三、第四階梯は第五階梯の前置きにすぎぬのだ」

老師はふたたび、かあっと喉を鳴らして、つづけた。

「重要なのは第五階梯《心との戦い》《ムジャーハダ》。ここで、それまでの修行が正しく行われてきたか、着実に各階梯を歩んできたかが問われるのだ。すべてがそろっていなければ、すべてが崩される——それが《ムジャーハダ》。そして、その敵はほかでもない——自我《アナー》。心に巣くう我欲《ナフス》と戦い、それに打ち克《か》つのだ」

アリーはこくりとうなずいた。

老師はつづけた。

「——ナフスはなんらかの表象をともなって現れることが多い。鼠、犬、蛇、狐、……さまざまだ。聖者ホセイン・マンスール・ハッラージは犬のかたちをしたナフスが走ってゆくのを見て、《ムジャーハダ》到達の確信を得たという。——わしの場合は、蛇であった」

（蠅ではないのか——）

突然、そんな師を愚弄《ぐろう》する文句が頭にうかんだ。アリーは心中あわてて首をふり、その妄言を逐《お》いはらった。動悸の音が響いた。

（蝿は、どこへ行った——？）

老師はアリーのそんな動揺にはもちろん気づくはずもなく、話をつづけていた。

「もっとも、ナフスはいつも獣《けもの》や虫けらのかたちをとって現れるものではないぞ。あるいは、見知らぬ人間の姿をもって現れることもあるのだ。大切なのは表象ではなく、それらに打ち克つこと。かならずや打ち滅ぼし、払拭《ふっしょく》せねばならぬ。……もちろんそれは一朝一夕《いっちょういっせき》になるものではないがな」

「はい——」

まだ動悸はおさまらない。

「ときに、——」老師はひと呼吸おいて、——「アリーよ、おまえは巡礼《ハッジ》に行ったことはあるのかな？」

巡礼《ハッジ》とは聖地メッカにあるカーバ神殿への参詣のことで、イスラーム教徒の義務のひとつである。その形式は厳密に定められており、決められた時期に決められた作法でおこなわれなければならない。

「はい」アリーは答えた。「——幼いころですが、父に連れられて」

「そうか」

老師は満足げな笑みをうかべ、いった。

「ならば、これよりおまえは、聖地へとむかうのだ」

「それは――」

「ウムラだ」

老師はきっぱりいった。ウムラはハッジとちがって、任意の時期に個人的におこなう巡礼のことである。義務でもない。

「巡礼月《ズール・ヘッジャ》までは遠いし、ハッジに行っていない者をウムラにやるわけにはいかんからのう」

「なぜ、ウムラを？」

「もちろん修行じゃ」

老師はあたりまえのようにいった。

「すなわち第三階梯《隠遁《ハルワ》》、第四階梯《清貧《ファクル》》のため。この二階梯を道場《リバート》の修行だけで完成させるは難しいのじゃ。巡礼の旅を孤独と貧しさのなかでおこなうことにより、《隠遁《ハルワ》》と《清貧《ファクル》》を自らの体軀と精神に刻みこまねばならん。それには巡礼路を歩むことがなにより。わしの指導なくとも、正しい修行の道から足を踏みはずすことはなかろう。……わかるかな、アリーよ」

「はい……」

「ふむ」

老師は目を細め、すっかり満足したように何度もうなずいた。

「ならば今日のうちに旅装をととのえ、翌朝夜明けの礼拝を終えると同時に発《た》つがよい。もちろん今日一日の修行は怠《おこた》ってはならんぞ」

「はい」アリーは深深と頭を下げた。「――わかりました。いますぐ準備をはじめたいとおもいます」

老師は満面の笑みで、よしよしというと、緩慢《かんまん》な動作で腰をあげた。

その立ち姿は予想以上に小さく、脆弱《ぜいじゃく》であった――などと思ったそばから、老師は膝を立ててバランスを崩したのか、ぐらりとよろめいた。アリーはあわててその手をとった。すこし力を入れればちぎれてしまいそうなほどに細く、枯れた、小さな手だった。

おうおう、すまぬ――老師はそういってアリーの手を借り、杖を引き寄せると、それに顔が皺だらけになるほどの渾身《こんしん》の力をあずけて、ようやく独力で立ちあがることができた。

しかし、やはり足どりはおぼつかなく、なにかにつっかえるように足をひきずりながら、モスクの出口のほうへ歩いていった。

その師の白衣の背中に、黒いしみが一点。

蝿である。

老師の背中に、蝿がその翅を顫《ふる》わせて、いた。

蝿はこそこそと師の背中を這いずっていたが、やがて翅をはためかせると、見限るように、ぶうんと蜚び去ってしまった。その姿は陰にきえた。

老師はそんなことに気づくこともなく、モスクを出ていってしまった。

アリーはしばらく茫然としていた。

巡礼を命じられたからではない。なにかべつの、虚脱感のようなものが、心を蓋《おお》って離れなかったのだ。

なにかが欠け落ちてしまったのか？

いや、もとより欠けていたことに、ようやく気づいたのだ。――

かれは、そう思った。

光に誘われるように、アリーは出口へむかってゆっくり歩きはじめた。

すると、外の光をあびた焼煉瓦造りの門壁に、蝿が一匹とまっているのを見つけた。

（さっきの蝿だろうか——）

アリーはほとんど無意識に、けれど俊敏な動作でそれを捕えた。親指と人指し指にはさまれて、それは、じじじ、ともがいている。

ためらうことなく、ひねり潰した。指の腹が蝿の体液でよごれた。

アリーはよごれた指を、かなり長い間、じっと眺めていた。

翌朝、巡礼へと出発した。

＊

聖地メッカへの道は遠い。はるか東のはて《トルコ人の土地《トルキスタン》》よりつづく巡礼路は、ニーシャープールをすぎ、沙漠をこえ、バグダードに至ってようやく旅の中途という、途方もない長路である。

それをアリーは、最小限の荷を背負って、ひとり征《い》った。

途中、何度か隊商《カールヴァーン》の車に同乗させてもらえるような僥倖《ぎようこう》にめぐまれることもなくはなかったが、ほとんどは徒歩による旅である。

襲いくる砂塵と熱波のなかで、ひたすら一歩一歩を踏みつづける——そんな旅だった。

出発から数ヵ月がすぎた。

アリーは巡礼路傍《わき》にあった樹の陰に涼《りょう》をとっていた。

かれはすでに、聖地メッカのカーバ神殿まで残すところ、およそ七里《ファルサング》というところまで迫っていた。直前の隊商宿で身を清め、巡礼着である白衣《イフラーム》をまとい、巡礼の用意はすっかり整っていた。あとはいままで来たように、残りの道のりを一歩一歩消化していくだけである。

狂ったように太陽が燃えていた。その苛烈《かれつ》な熱線に灼かれた大地は、旅人の肉体を容赦なく炮烙《ほうらく》し、陽炎《かげろう》はその心を眩惑した。アリーはたまらず木陰に身を避けた。もはやカーバまで数日の距離。むやみに急ぐ必要はなかったのである。

その樹は巡礼路のそばにぽつんと立っており、背後には赤茶けた岩山が迫っている。山というよりは岩塊のようである。

どっかと腰をおろすと、靴をぬぎ、足をもんだ。裂けた皮膚が完治せぬままに癒着し、蹠《あしうら》はひどく不気味な面相で固まっていた。石のような硬さである。

アリーはなにげなしに、目のまえにひろがる景色をながめた。

目のまえにはただ広漠と、蒼穹《そうきゆう》と大地があった。

その黄褐色の大地をつらぬくように——巡礼路は地平線までのびている。

そのかなたに、聖地メッカがあるはずだった。


アリーはもみくだした足にふたたび靴をはかせると、樹にもたれかかって、空を仰いだ。糸屑のようにちいさな雲が、ゆっくりと空をわたっている。

（巡礼《ウムラ》、か……）

と、かれはひとりごちた。

なにも考えずに、ここまで来た気がする。ただ歩いてきた。

老師はたしか、この旅を修行のひとつだといっていた。それをいい渡されたとき、アリーはただ無心にうなずいてみせただけだった。

そしていま、その目的地が間近《まぢか》に迫って、ようやくかれのなかに不安がつのりはじめていたのである。

修行は成るのだろうか、と。——

入門以来、忠実に老師の教えを守り、さまざまな修行に身を修めてきた。コーランを暗誦し、先人たちの幾多の文献を読みあさった。いまもこうして師の命令を忠実に守り、巡礼の道を歩んでいる。

　これらの修行ははたして、実をむすぶのだろうか。

　修行はたしかに厳しく苦しい。しかし所詮《しょせん》外面的苦痛でしかない。むしろ、修行が無為に終わることを想うほうが、よほど苦しく、恐ろしい。──それは、虚無にたいする恐怖である。

　視線が、目のまえにのびる巡礼路から離れない。

　アリーは路の涯《は》て──地平線のかなたを、不安の色の抜けぬ瞳で見つめた。

　そこには、ひとつの到達点があるはずだった。

　けれど溢れるのは焦燥。──かれはいらだちを抑えるように、膝をかかえこんだ。

　その姿はまるで、寒さにこごえる子供のようであった。

「そこの布衣《ほい》をまといし修行者よ」

　アリーははっと、顔をあげた。

　そして、うしろをふりかえった。背中のほうから聞こえたような気がしたのだ。しかし、背後にはだれもいなかった。

（幻聴だろうか……）

そう思って、ふたたび頭を落とした、その直後、──

「神秘の道《タリーカ》を歩みし修行者よ」

声だ、たしかに聞こえた。幻聴などではない。──

アリーは逃すまいとするように、すばやく身体をひるがえし、うしろに向きなおった。

しかし、やはり、だれもいない。

しかたなく、ふたたび顔を正面にもどすと、目のまえには駱駝《らくだ》に草を食《は》ませている、みすぼらしい姿の男が立っていた。

「あ──」

アリーは愕きのあまり、あわてて立ちあがった。

いまのいままで、影もなかったのに。──

男は年齢不詳の体《てい》で、かき乱れた髪に煤《すす》けた顔、身体には白っぽい襤褸《ぼろ》の衣をまとい、外見だけなら絵に描いたようなスーフィーである。

その大半を鬚髯におおわれた顔を歪めて、男は薄笑いをうかべていた。

アリーは驚駭《きょうがい》で息がつまりそうになりながら、わたしを呼びましたか、と尋ねた。

男は答えず、視線を空にむけた。

そして、いった。——修行者よ、どこへ往《ゆ》くつもりか。


アリーはしばらく、質問の意味が理解できなかった。

巡礼路のそばである。目と鼻のさきには聖地メッカが迫り、アリーは巡礼着である白衣《イフラーム》をまとっていた。

この、一見して巡礼者とわかる行者をとらえて、どこへ往くのかとはどういう料簡《りょうけん》だろう。巡礼者が、カーバ神殿以外のどこを目指そうというのか。

けれどもアリーは、そんなとまどいを圧《お》し殺すように唾をごくりと嚥《の》みこむと、みじかく答えた。——「巡礼《ウムラ》です」

男は空にむけていた視線を、ゆっくりと落とした。アリーの顔を一瞥すると、すぐに目線を横にそむけて、右手を口にあてがった。そしてなんと、くくく、と哂《わら》いはじめたのだ。唇の端を歪め、あからさまに嘲笑の声をもらしている。

さすがのアリーもこの態度には憤慨して、あなたは異教徒《カーフエル》か、とどなった。

男はなおも冷笑をやめず、いった。

「……巡礼？　巡礼といっても、石造りの家をぐるぐるまわって、石に口吻《こうふん》をつきあわせるだけのことであろう？」

男は傍らの駱駝の頭をなでた。

「──そんなこと、こいつにもできる」

「馬鹿な」

アリーはあまりの言葉にあきれてしまった。

巡礼の儀礼では、巡礼者はカーバ神殿のまわりを七周しなければならない。これをタワーフという。また神殿内には、神殿を創建したイブラーヒームとイスマーイールの親子が建造に用いたとされる黒い聖石があり、巡礼者はこれに接吻する慣例があった。男の言葉はおそらく、こうした儀礼を指しているにちがいない。──ただし、このうえなく冒瀆《ぼうとく》的な表現で。

アリーは男を無視して荷を背負い、立ち去ろうとした。すると男はそれを制するように、右手をさしあげた。

その掌の中央には、白斑の瘢《きず》があった。

「タ、……」アリーは口ごもりながらいった。

「——神秘《タリーカ》の道を歩む行者の、修行の邪魔を、しないでいただきたい」

「タリーカを歩む行者か」

男は粘性のある笑いをうかべて、

「行先もいえぬ行者が、どうしてタリーカを歩んでいるなどといえるのだろうな」

アリーの背中をつめたいものが流れた。

「わたしは、どこへ往くのか、と訊いたのだ。修行や儀礼の名を訊いたおぼえはない」

「あ——」

「聖地《メッカ》とも聖家《カーバ》とも答えてくれるなよ。おまえの目指しているものは、そんな名ではないはず」

「あ、ああ——」

「それとも、わからぬのか？　おまえは、己がどこへ向かっているかも——」

男はにやけた顔をぐいとつきつけた。

「おまえは、己がどこにいるかもわからぬ——孩児《がいじ》か？」

アリーは、手足のさきが、がちがちと顫《ふる》えていることに気づいた。

男は顔をひくと、その細長い目をアリーにむけた。透徹として、すべてを吸いこんでしまいそうな、深遠な色をたたえた瞳だった。

すべてが、見透《みす》かされている。——

アリーは身がまえた。

男はすう、と鋭い貌《かお》つきになると、低い声で、下を見よ、といった。

おずおずと目線を落とすと、アリーの足許には——それまでまったく気づかなかったのだが——黄濁色の石片のようなものが埋まっていた。

頭蓋骨である。

ちょうど頭頂部分が地面からのぞいていた。

男は大仰にかがみこんで、ていねいにそれを掘りおこした。

「それは……？」

おもわずアリーは尋ねた。

男は丹念に土埃《つちぼこり》をはらいながら、

「スーフィーの残滓《ざんし》だ」

と、答えた。

（スーフィーの、残滓……？）

この髑髏《どくろ》が生前スーフィーのものだったというのだろうか。

男は右手の上に髑髏をのせ、語った。

「……目もなく、耳もなく、口もなく、軀《からだ》もない。しかしこの髑髏はなんと偉大なる輝きを放ち、偉大なる声を聴き、偉大なる教えを伝えよう。この髑髏には、神のなかに消融し無化した神秘家《アーレフ》の、至福の悦《よろこ》びがあふれている」

男はそこでアリーに目をむけた。

寂《しず》かな目だ。

「――もう一度尋ねよう。おまえはこの偉大なる《導師《ピール》》をまえにして、どこへ往くというのか」

「導師《ピール》、とは――」

アリーの声は顫えていた。

「その髑髏のことですか」

男はにじり寄った。

「ほかに《導師《ピール》》がどこにいる？」

「そんな、」

「どこへ往く？　おまえはどこへ往く？」

「あ、」

「このまま、石の家をめぐりにゆくのか？」

「あなたは、――」

「それとも、醜く生を重ねる者のもとにもどるのか？」


聖者《ワリー》だ。――


雷に撃たれたように、悟《さと》った。

背中をひとすじ、大粒の汗がながれた。

あれだけ晴れわたっていた空は、いつのまにか黒ずんでいた。

黒雲がたちこめ、あたりをすっかり暗色に染めていた。


男は問うことをやめると、眠るように目を瞑《と》じた。

そして、時間が止まったように、動かなくなってしまった。

傍らにいた駱駝は草を食むのもやめてしまって、動かない主人をきょとんとした表情でながめている。

やがて、信じられない光景が目のまえに現れた。

男の右手にあった髑髏の口から、煙が噴きだしたのである。目からも、耳からも、白い煙が濛濛《もうもう》とあふれはじめた。

煙はたちまち霧のようにあたりに立ちこめ、二人をつつんだ。その煙はまるで香煙のように独特の匂いを放ち、鼻をついた。

すると、髑髏が煙霧のなかで皓皓《こうこう》と輝きはじめた。

髑髏は一塊の光球と化すと、男の右掌に——その白斑の瘢《きず》のなかに、吸いこまれていった。

(ああ——)

アリーは声なき声をあげた。

髑髏を呑《の》みこんだ白斑は、掌いっぱいにひろがって、男の右手全体を白く染めあげてゆく。

(これは、幻術か？　それとも、……)

白の浸蝕は男の身体にまでおよび、その煤《すす》けた白衣はまるで漂白されたように真っ白に輝いて、男は一体の大理石像のように白化していった。

《奇蹟《カラーマ》》、か――?

男の白い身体から、数条の光が射しはじめた。

アリーはいつしか地に手をつき、ひざまずいていた。

そして、光にむかって叫んだ。――聖者よ、わたしに真の教えを、真なるお導きを。

すでに男の身体は白色の光にすっかりつつまれていた。

その光のなかから、声が響いた。

「わたしに、従うのか?」

アリーは喉が裂けんばかりの声で、はい――と叫んだ。

沈黙があった。

男は口をひらいた。

「わたしの弟子に、ハラカーニーという男がいる。あれに教えを請うがいい」

「ハラカーニー! ――」

アリーはその名を絶叫した。男は鷹揚《おうよう》にうなずいた。

「あれは蓋世《がいせい》の枢機《クトウブ》。神の代理者《カリフ》。必ずやおまえを真理へと導くであろう。――この路はおまえの往く道ではない。無為に家《カーバ》をめぐることを巡礼とはいわない。真の巡礼とは、天上の家《カーバ》がむこうから顕《あらわ》れ、おまえのまわりをめぐることをいうのだ」

「神殿カーバが、わたしを、めぐる……」

「引きかえせ。そして、《山》へ行け」

「やま。……山とは……」

「太陽の沈むとともに《山》を登り、その頂に穹廬をかまえよ。そしてただ一念、神名《アスマー》を唱えよ」

男を蔽《おお》っていた光はしだいに強さを増していた。すでに、まともに目をあけていられなかった。

「さすれば、あれは現れよう――」

男の身体はもはや、光のかたまりと化していた。その姿は光のなかに茫昧《ぼうまい》と融けようとしている。アリーはまぶしさのあまり顔を掩いながら、渾身の力をこめて、叫んだ。

「聖者よ、――名を。あなたの名を、――あなたの名は、いったい……？」

無量の光のなか、磁器を爪ではじいたような、澄んだ声が響いた。

《ラフマーン》——

たしかにそう聞こえた。

光は収束し、一条の光線となって、天に昇っていった。暗雲はその光に融解するように晴れていった。空はなにごともなかったかのように、もとの青空にもどり、煙霧もすっかり晴れてしまった。

もちろん、もはや目のまえに男の姿は、影さえなかった。かれの連れていた駱駝も見当たらない。

目のまえには、一本の蠟燭がころがっている。

茶褐色の、粗悪な蠟燭である。

アリーは緊張の糸が切れたように、どっと倒れた。

＊

青い霧があたりをつつんでいる。

霧の奥に、ちらちらと黄橙色の蠟燭の火が見える。

わたしはその光を追って、霧のなかを駆けた。すると霧のなかに、煉瓦造りの建物が見えた。

建物のなかでは粗末な衣をまとった行者たちが、列んで坐している。

……のほかに神なし……

……のほかに神なし……

……のほかに神なし……

かれらは口口に、そう唱えていた。

わたしはその風景をながめていたが、すぐに厭《あ》きてしまって、ふたたび霧の奥へと燈火を追った。

耳許で、ざわめき声が聞こえる。声のしたほうにちらと目をやると、祭だろうか、男たちが雑然と行進しているのが見えた。

かれらは鎖やら短刀を己の身体に撃ちつけて、血まみれになりながら、歩いている。狂ったように哭《な》いている者もいる。

その喧噪《けんそう》のなかから、一編の詩を詠む声が聞こえる。

我が恵の道にありて
汝は殺されしゆえ
血の約束にかけて
我は救いに来たらん

わたしは青い霧をぬって、光を追う。

蠟燭の燈火は微弱な光を宿しながら、わたしを霧の奥へといざなう。

霧のむこうに、塔が見えた。

塔のまえでは、白衣に身をつつんだ男の一団がなにかを運んでいる。

かれらは、顔を白布で覆われた裸の老人を板に載せて、塔のなかに運び入れようとしていた。

そして、かれら白衣の男たちを囲むようにして、人垣ができている。

そのなかに、ひとりの少年がいた。

（あれは――）

わたしは霧をぬけて、人垣のほうへ走った。人ごみにまじり、人をかきわけて、少年をさがした。

するとそのとき、横にいた老婆が不意にわたしの手を強く引き、その細い手でわたしの目を掩ってしまった。老婆は耳許でささやくように叱った。

見ちゃいけないよ、悪霊が来るんだよ。……

（まさか――）

わたしは老婆の手をはらった。

目のまえには、赤茶けた岩肌が見えた。

アリーはそこで、目を醒《さ》ました。

＊

アリーは目醒めたとき《山》にいた。

山頂までつづく山径《やまみち》の途中で、荷に身体をあずけたまま、眠ってしまっていたようだ。

あたりはうす昏《ぐら》かった。ただでさえ赤く灼《や》けた岩肌に、いまや黄昏《たそがれ》の赤光がくわわって、まだ夢をみているのかと想わせるほどに幻想的な風景が目のまえにひろがっている。

沙漠のはてに、赤く燃える太陽が沈もうとしていた。

アリーはそれを、まどろんだ目で見つめた。

黄昏の赤と夜の青とが渾沌《こんとん》と溶けあった空には、かすかな星の瞬《また》きが認められる。

赤はしだいに地平線の下へと押しやられて、青が世界の主となると、あたりを急速に夜の色へと塗りこめていった。

（夜――）

アリーはそんな心の声に呼応するように立ちあがると、ほとんど無意識に、そばにあった荷をつかみあげた。すると荷のなかから、なにかが、ことりと地面に落ちた。

拾いあげてみるとそれは、あの茶褐色の蠟燭であった。

その瞬間、アリーはようやく完全に覚醒した。――


かれは荷から手をはなすと、《山》を見あげた。

そう、ここは《山》である。――

《山》は山というより岩塊《がんかい》とでも表現すべき荒荒しい有様《ありさま》で、ちょうどいくつもの奇岩を組みあわせて、その絶妙の均衡の上にようやく成立しているような、武骨な外観であった。まばらに生える草木は、沙漠から吹きつけられた細かい砂がこびりついて、いまにも枯れてしまいそうである。

かれはその彩《いろど》りのない風景に、まるで見覚えがなかった。

しかし現にいま、ここにいる。不思議なことにかれは、自分がなぜ、どうやってこの場所に至ったのかをまるで想い出せないでいた。ここに至るまでの記憶が欠けているのである。

（いつのまに、こんなところまで登ってきたのだろう？）

あの駱駝をつれた聖者が、光につつまれて天に昇っていったのまではおぼえている。

そして眠りから醒めると、ここにいたのだ。——

アリーはあらためて、あたりを見わたした。いまかれは、山径の中途にいる。径は蛇のように細くうねり、ふもとから延びている。ここにいるということは、この山径を登ってきたということだ。

そのうえで、その行程を記憶していないとは、どういうことなのだろう。

本当に記憶を喪失してしまったのだろうか。あるいは、眠っているあいだに、何者かによってここへ運ばれてきたのだろうか。

アリーは手にした蠟燭をまじまじと見つめた。それは不純物の多く混じった粗悪な品である。

(あれはやはり、奇蹟だったのだろうか……)

奇蹟——言葉でこそ数知れず目に耳にしてきたが、その実際に触れたことはなかった。教団の老師でさえ幻視だ水上歩行だなどと名前を掲げるだけで、ついにその発動をアリーら弟子たちの目に触れさせることはなかったのである。

だからかれは、真実の奇蹟を知らない。あの聖者の奇蹟が真実であったかどうかなど、判別のしようがない。

ただ、あのとき、かれは直観したのだ。信じてしまったのだ。

奇蹟、と。

そして気がつくと、ここにいた。

あの聖者が一条の光となって昇天したあとに残されていたのが、この茶褐色の蠟燭である。それを拾いあげた——そこから記憶がぷつりと途絶え、いまに至っている。するとあの聖者の奇蹟によってここまで運ばれてきたのだろうか。アリーの身体がここへ転送されるまでが、あの聖者の奇蹟だったのだろうか。

もうひとつ釈然としないことがある。

かれは、夢から醒めたとき、たしかにここが《山》であることを知っていた。そしていまも、不思議とその確信にゆらぎはない。ここが《山》であることに、なんの疑問もないのである。

ならばやはり、わたしはあの聖者に導かれて、この《山》に至ったのだろうか——

アリーは思った。

あのとき聖者は《山》について、なんらくわしいことを告げずに消えてしまった。

にもかかわらず、いまその聖者のいう《山》にたどり着けているとすれば、そういうことなのだろう。――

かれは一面に黒いヴェールの下りた空を仰ぎ、星を瞻《み》た。見覚えのある星図である。意識が喪失しているあいだにここへ運ばれたといっても、地の涯《は》てまでつれてこられたということはなさそうだ。もちろん、季節が大きくめぐっていなければ、の話だが。

《夜の旅《イスラー》》――

それは預言者ムハンマドの天界飛行――奇蹟《ムウジザ》の名である。星空を仰ぎ瞻ながら、アリーは奇蹟について考えていた。

奇蹟とは本来、神の恩寵のことである。預言者の奇蹟《ムウジザ》と聖者の奇蹟《カラーマ》とでは少少意味あいが異なるが、両者ともその力が神に由来するということでは渝《か》わりない。奇蹟の発動とは、その内奥でつねに神の意志――《天命《カダル》》に起因するものなのである。

すなわち、アリーがもし奇蹟に導かれた結果、ここにいるとすれば、それは神の意志に導かれて、ここにいるということになる。

しかし同時に、奇蹟が神の手中にあるということは、その真贋《しんがん》は被造物である人間には絶対に判別できないということにもなる。

あの聖者も奇蹟も、ここが《山》だなどという確信も、かれの頭が産み出した妄夢にすぎず、奇蹟に導かれたのでも神の意志でもなく、かれはただ夢遊のはてにこの岩塊へ至っただけなのかもしれない。

奇蹟か妄夢か——ひとにそれを判別することはできない。

ひとにできることはただひとつ、信じることだけである。


そして、アリーの目のまえにはまだ、選択の余地が残されていた。

登るか、下るか。——

もし、あの聖者と奇蹟を偽りだと思うのなら、
もし、神の意志を信じることができないのなら、
もし、己の知るところを己自身で疑うのなら、
いまでもかれは、迷わず《山》を捨て、下山できるのである。
下山すれば、かれにはふたたび教団に属し、老師に仕《つか》える行者としての人生が待っていることだろう。かの駱駝をつれた聖者が《石の家》と嗤《わら》った神殿カーバをめざ

し、駱駝にもできるとあざけられた儀礼をおこない、そして年老いた師のもとに帰るのである。――

もう陽《ひ》は落ちていた。

時間はない。

アリーは手のなかにあった蠟燭を、かたくにぎりしめた。そして目のまえにゆっくりと、拳を開いた。月の光に照らし出されたそれは、そこにひとつの生命を宿しているかのごとく、掌のなかで青白く仄《ほの》めいている。

かれは蠟燭をしまうと、深く息をついた。

そして《山》を登りはじめた。

＊

径は見た目ほどけわしいものではなかった。朧明《ろうめい》と輝く月は岩肌むきだしの径をおだやかに照らし、山頂までの径筋を夕闇のなかに青くうかびあがらせていた。それをたどるアリーの姿は、いかにもなにかに導かれているようで、親に手をひかれる幼子の姿にも似ていた。

ほどなく、頂《いただき》に着いた。

頂は平坦な地形である。頭上には夜空が垂れこめ、あたりをどっぷりと暗黒色に染めあげていた。光といえば、天上にただ真円の月が、ぼんやりと輝くだけである。

アリーはそんな弱弱しい月の光だけをたよりに、荷を解き、穹廬を建てた。山羊の毛の天幕で覆われた一人用の小さな穹廬である。穹廬を組みおわると、かれはそのなかに入って、なによりもさきに燭台と、蠟燭をとり出した。──あの茶褐色の蠟燭である。

かの聖者は、神名《アスマー》を唱えよ、といっていた。

それはきっと、スーフィーの代表的な行《ぎょう》である連唱の行──《ズィクル》を意味するにちがいない。ズィクルとは神の名や聖句をひたすら唱えつづけることによって、いっさいの雑念を逐いはらい、精神を浄化する修行である。すべての神秘階梯の基底をなす行であり、スーフィーはなによりこの行を重んじた。

アリーは燭台に慎重に蠟燭を立て、火を点《とも》した。蠟に混じり気が多いせいか、火はなかなか大きくならなかった。

かれはその火をまえに坐を組み、ズィクルをはじめた。
アッラーのほかに神なし《ラーイラーハ・イッラッラー》。アッラーに栄光あれ《スブハーナ・アッラー》。

宣誓のズィクルである。

アッラー、アッラー、アッラー、アッラー、……

そしてひたすらに、神の名をくりかえす。
蠟燭の炎は唱えるたび呼気にあおられて、赤くのびあがった。
煙が筋になって立ちのぼる。

アッラー、アッラー、アッラー、アッラー、

夜の静寂に、ただ、至聖の名が響く。

アッラー、アッラー、アッラー、
アッラー、アッラー、アッラー、

やがて、口舌《こうぜつ》にしがたい恍惚感が頭に浸透しはじめた。

アッラー、アッラー、アッラー、
アッラー、アッラー、アッラー、
アッラー、アッラー、アッラー、

蠟燭の煙だろう、香を薫《た》いたような匂いがする。

アッラー、アッラー、アッラー、
アッラー、アッラー、アッラー、

全身が脱力し、あたりをつつんでいた静寂が代わって沁《し》みこんでくる。
まるで、夜に溶けてゆくようである。

アッラー、アッラー、
アッラー、アッラー、アッラー、

そのとき、外の風が穹廬をゆらしたのか、ぎしいと音がした。

アッラー、アッラー、アッラー、

風が、紐《ひも》で閉じていた帷幕《いばく》をゆらし、波をうたせた。

アッラー、アッラー、アッラー、

そして、——

アッラー、アッラー、アッラー、

目のまえの帷幕に、黒い影がぬうっと現れた。

アッラー、アッラー、……

（これは……）

疑念がかすめた、その瞬間、

――行者よ。

声がした。

――行者よ。

まるで暗黒に吊るされた鈴のように、つめたい声だった。

アリーはおもわずズィクルを止めた。

静寂が時を止め、闇を深める。

目のまえで蠟燭が弱弱しい光を放って、燃えている。

そのむこうの帷幕に、黒い人影が映っていた。
(あ、……)
あなたはだれですか——そういおうとしたが、なぜか声が出ない。
黒い影は立ちはだかるように、目のまえにそびえていた。
——行者よ、
声がした。
——行者よ、告げよ、
まるで暗黒を這《は》う波紋のように、その声は寂《かす》かに響いた。
——告げよ、神の名を。
神。……それは万物の創造主。
——告げよ、神の名を。
それは唯一無二の真実在。

――告げよ、神の名を。

それは始元にして終末にましますもの。

――告げよ、神の名を。

それは最大の神秘、永遠の真理。

――告げよ、その名を。

名。……

――その名は？

その名は、

――その名は？

その名は、

（その名は、……）

なぜか、想い出せなかった。鈍《にぶ》い痛みが、頭に響く。

そのとき、蠟燭の炎を横ぎる、黒く小さな影があった。

それは光に導かれるように黒い夜をさまよう、黒い翅。

（蛾《が》……？）

アリーは右手を差しあげた。とらえようと、つかみあげた瞬間、黒い翅はかれの掌のなかで、灰のように粉粉に砕けてしまった。中空に鱗粉が舞う。

（ああ……）

鱗粉が蠟燭の火に灼かれ、火の粉となって、かれの顔にふりかかった。鱗粉が鼻腔を刺す。眩暈《めまい》がした。視界がすっと濁った。

——行者よ。

声が聞こえる。

——行者よ。

遠くで、声が聞こえる。

——告げよ、

それはとても、

——行者よ、告げよ、

とてもなつかしい響きだった。

——神の名《エスメ・ホダー・チイスト》は、なにか？

＊

そうして、アリーは、前のめりに昏倒した。

第二章　導師ハラカーニー

見た目よりも意外と若いのかもしれない。――

聞き手であるファリードは、アリーと名乗る語り手の男について、そんな感想をもった。

男の外見はスーフィーらしく、いかにもくたびれたかんじである。しかしそれを構成する部品――たとえば肌や髪といったものを注意深く観察してみると、その外見ほどに老いをかんじさせる要素がないことに気づく。髪や髭も黒黒としていれば、顔の皺にも深みはかんじられない。

そして、なによりもこの男の《若さ》をかんじさせるのが、その明快な話しぶりである。発音は精確で清雅、声は低音だがくぐもっておらず、透明感があって、耳によく響いた。言葉づかいもたくみで、流麗として澱《よど》みなく、またその語勢にまったく翳《かげ》りを予感させぬ饒舌であった。

強《し》いて難点をあげるなら、語り口がすこし平板なことぐらいであろうか。語り部とすれば不合格かもしれない。もっとも、口伝《くでん》伝承者としてなら十分合格なのだが。

偶坐する語り手の男と聞き手であるファリードのあいだに燭台はあって、蠟燭が燃えている。煙を噴いている。

物語のほうは、ファリードの思ってもみなかったものであった。

この話が、どうやってかれの目当ての内容に着地するのだろうか——ファリードは興味をふくらませて、男の話に聞きいっていた。……

＊　＊　＊

天幕ごしに呼ぶ声がした。アリーは目を醒ました。

穹廬《きゆうろ》のなかはぼんやりと明るく、夜が明けていたことを知らされた。

眠っていたか、あるいは失神していたかしたようだ。かれは天幕をとおしてわずかに洩れる朝日を浴びながら、半睡《はんすい》状態のまま身体を起こした。しばらくそのままぼんやりとしていたが、

（……そうだ、声がしたんだ）

と、急に想い出して、身体を曳《ひ》きずって穹廬の入口までたどり着くと、紐をほどいて帷幕を開けた。白い光が襲いかかるように射しこんでくる。夜は完全に明けていたようである。

その光のなかに、黒い影があった。

背の低い男が立っている。どうやら声の主らしい。

かれはあいまいに会釈をすると、なんの断りもなく穹廬のなかに入ってきた。アリーとおなじぐらいの年齢であろうか、丸みをおびた顔で、温和な雰囲気である。豊か

な鬚は整えられ、きれいな白衣をまとっているので、行者にしてはこざっぱりとした印象をあたえる。しかし到底俗人の風体《ふうてい》ではない。おそらくスーフィーだろう。

男はどっかと腰をおろすと、やわらかい笑みをたたえた。

「わたしの名はシャムウーンといいます。あなたも導師ハラカーニーに教えを請うものですか？」

なるほど、この男は導師ハラカーニーに仕える師兄か——アリーは納得して、「はい」と答えると、名を名乗り、一礼した。

するとシャムウーンと名乗った男は左手を翳《かざ》して、礼は無用、といった。

「ここは、なにかの道場《リバート》でもなければ教団などでもありません。ただ導師に道を請う者が屯《つど》っているだけのこと。わたしはあなたの師兄でもないのです。ですから、いっさいの礼はご無用」

口調こそおだやかだが、その目には真剣な光があった。重要な事柄なのだろう。アリーは素直にうなずいた。

すると、シャムウーンの目にふたたび温和な光がもどり、ところで、とアリーの顔をのぞきこんだ。

「見たところ、お疲れのようですが」

「ああ……」

アリーは前夜の、あの神秘的としか表現しがたい記憶——声を想い出していた。

——行者よ。


「昨晩、なにかありましたか？」

と、シャムウーンはのんびりした口調で訊いた。

「なにか、といっても……」

アリーは口ごもった。

——告げよ、神の名を。

奇妙な記憶だった。ズィクルを唱えていると、いきなり声が聞こえたのだ。そして顔をあげると、あの影が穹廬の天幕に映っていた。そして、

——神の名は、なにか？

いまとなっては、夢だったとしか考えられない。現に記憶はそこで途絶え、目醒めたときすでに夜は明けていたのである。

おそらく諸諸の疲れがどっと押し寄せて、ズィクルの途中に眠ってしまったのだろう。あのときかんじた声を出せないもどかしさなど、いかにも夢でありそうなことである。いまこの場で、いきなり現れた初対面の人間に話すことでもなかろう――そう考え、口を開くと、

「声が、したのでしょう」

と、シャムウーンは機先を制するようにいった。

「ええ――」驚きついでに、おもわず答えてしまった。

アリーは結局、すべてを話すことになった。

話をすっかり聞きおえると、シャムウーンは大きく首肯《しゅこう》して、やはりそうですか、とつぶやくようにいった。

「やはり、とは？」

「心配する必要はありませんよ」

シャムウーンはなだめるように微笑した。

「あなたが見たものは夢でも幻覚でもありません。まぎれもない現実です。……すでにお気づきかもしれませんが、問いかけの声——その声の主こそが導師ハラカーニーです」

「あの声が？」

と、アリーが訊くと、シャムウーンは得意げにうなずいた。

「そうです。わたしのときも、そうでしたから」

「しかし、姿は見えませんでしたが」

「天幕のむこう側におられたのですよ。影は見えたはずです」

アリーはうなずいた。

「そうでしょう。師がお姿を顕《あら》わすことはありません」

どうしてですか、と訊くと、シャムウーンはすこし困ったような表情をみせた。

「……わたしが答えるべきことではないのですが、それが、真なる神秘家《アーレフ》の存《あ》るべき姿とお考えなのではないでしょうか。いずれにせよ、われわれのような未熟者の考えが至るところではありません。導師自身にお尋ねしてみてはいかがですか」

「導師はどちらにいらっしゃるのですか？」

「こちらから会いに行くことはできません」シャムウーンは厳しい口調で答えた。

「――くりかえしますが、師がお姿を顕わすことはないのです。ですから当然、どこにいらっしゃるのかも知らされません。――あなたが心より教えを求めたとき、師はむこうからその影と声をお顕わしになることでしょう」

完全なる《隠遁《ハルワ》》ということだろう。スーフィーは世俗の穢《けが》れを厭《いと》い、世人から逃れ、隠棲するが、究極的にはあらゆる人間――弟子をもふくめて――から、その身を隠さねばならないのかもしれない。可視下のすべての存在を斥《しりぞ》けてはじめて、不可視の存在である神が顕現する――それが《隠遁《ハルワ》》の思想である。

「導師ハラカーニーの門弟は、あなたひとりなのですか？」

と、アリーが訊くと、シャムウーンは首をふった。

「いえいえ、ちがいます。わたしをふくめて三人、あなたをいれて四人になりますか。じつは、わたしもくわしくは知らないのですがね、一番長くいるのがカーシムという名のひとだそうです。もうひとりはホセインといいます。どちらも、わたしよりずっと古くから導師に師事しています」

「その方たちは、どこにいるのですか？」

シャムウーンはぐるりと穹廬のなかに視線をめぐらして、

「あなたとおなじです。みなこの頂に、こうして穹廬を建てて、修行に励んでいるようです」

そしてすぐに、真面目な顔でつけくわえた。

「――いうまでもないことですが、かれらを訪ねようなどと思ってはいけませんよ」

アリーもその理由は訊かずとも解《わか》った。かれらもスーフィーであり、《隠遁《ハルワ》》を必定とする修行者なのだ。おそらく訪ねても会おうとしないだろうし、そもそも会ってはいけないのだろう。かれらの修行の邪魔をすることになってしまう。

しかしそれでは、疑問が残る。

「それでは、なぜあなたは、わたしの穹廬を訪ねてきたのですか?」

シャムウーンと名乗るこの男も、《隠遁《ハルワ》》を守る行者のはずである。

「師の命です」

シャムウーンは即答した。当然といわんばかりである。

「昨夜のことです。あなたとおなじく、わたしにも師の声が聴こえました。師曰く――〝あたらしい行者が来ているので、朝日の昇るとともに、そのもとを訪ねよ〟と。わたしはそれに従ったまでです」

「もしかして、あなたは……」

「そうです。もう二年ほどになりますが、あなたはわたしがこの《山》で会った最初の人間になります。……もちろん、導師は除いて、ですがね」

見事なまでの《隠遁《ハルワ》》と《独居《ウズラ》》の徹底である。アリーはおもわず感心した。道場《リバート》での修行では、こうはいかない。ここにはスーフィーの修行において完全な環境が整っているといえる。

しかし、ならばなぜ、導師ハラカーニーはこのシャムウーンの《独居《ウズラ》》の行を破らせたのだろう。これでは、かれがここに来てからの修行を中絶させてしまったのではないか。

するとシャムウーンは、アリーのそんな心の裡《うち》を読みきったように、

「わたしは導師の命ぜられるまま、あなたを訪ねたのです。それは、導師の深奥なる思惟《しい》から発せられたもの。つまりこの訪問やあなたとの問答も、わたしにとって有益であるにちがいないのです。……もっとも、それこそわたしの考えがおよぶようなところではないのですが」

かれの言葉の端端《はしばし》には、謙虚というよりもなにか卑屈なものをかんじさせる。それが唯一神に帰依する行者のあるべき精神なのかもしれず、単にかれの修行が足りないだけなのかもしれない。あるいは、弟子に自嘲的な言葉を吐かせるほどに、師であるハラカーニーの力は偉大なのかもしれない。

アリーは訊いた。

「ほかの、カーシムとホセインという方たちは、もうここで長いのでしたね」

「長い——とおもいます。たしか、行者カーシムのほうは、もう五十年以上をここで過ごしているということです。行者ホセインで二十年以上といいます。歳も、かなりのはずです。われらよりはるかに年長の方方の、……はずです」

この歯切れの悪さは、実際には会ったことがないからだろう。

「そういったことは、導師から直接お聴きになったのですか？」

「そうです」

シャムウーンはきっぱりと答えた。

「——師のお答えは深遠で刹那《せつな》に理解のかなうものではありませんが、その真意の明らかになった日には、あらゆる疑念がことごとく氷解するものなのです。行者アリー、あなたもなにか疑問をかんじたら、師に尋ねてみることです。かならずやその疑問は晴れ、道は拓《ひら》けることでしょう」

シャムウーンのその言葉は、師にたいするかれのゆるぎない信服をかんじさせるものだった。はじめにかんじた温和な印象のうえに、いまや厳《おごそ》かな信仰心を見いだせた。かれには、いままでアリーが出合ってきた修行者たちにはない、どこか洗練されたものがあるのである。それが、ここでの二年の修行の差であろうか。

そういえば、訊き忘れていたことがあった。

「ここでの修行はいったい、なにをすればいいのでしょうか？」

するとシャムウーンは急に困ったような、わずらわしいような、あるいは呆れたような、ともかく不思議なとまどいをみせて、答えた。

「……それは、くりかえしますが、わたしの答えるところではありますまい。――導師にお尋ねすることです。わたしが答えられるのはこれだけです」

なにかを拒絶している口調である。急に空気が重重しくなった。

シャムウーン自身そんな空気を敏感にかんじとったのか、さて――と大仰《おおぎょう》な動作でいきなり立ちあがった。

「お伝えできることはこれぐらいでしょうか。わたしにも務めがあります。まだまだ道半ば。……では、失礼」

そういうと、シャムウーンはさっさと穹廬を出ていってしまった。

登場も突然であれば、その退場もじつにあっけない。見送ろうとしたアリーがあわてて穹廬から顔を出したときには、もはやその姿はなかった。

*

ひとり残された穹廬のなかでアリーは、遅くなった礼拝をおこなった。水がないので清めは、日の光に焼かれた砂をもっておこなう。まだ朝だというのにその砂は、火で炙《あぶ》ったように熱かった。

礼拝を終えてしまうと、本来なら修行に入らなければならない。シャムウーンは修行について、はなはだ曖昧《あいまい》に、師に尋ねよといっていたが、その師がいない以上どうすることもできない。師はむこうから現れる、ともいっていたが、それまで漫然と待つわけにもいくまい。

あの駱駝をつれた聖者は、連唱《ズイクル》の行を指示していた。いまはあれに従うほかなかった。

アリーは端然《たんぜん》と瞑坐すると、調息し、
アッラーのほかに神なし《ラーイラーハ・イッラッラー》。アッラーに栄光あれ《スブハーナ・アッラー》。……

ズィクルの行に入った。

　アッラー、アッラー、アッラー、

　しかし口では神の名を唱えながらも、つい直前のシャムウーンの話が澱《おり》のように頭に残って、離れなかった。

　世俗との隔絶。完全なる隠遁。

　けっして姿を顕わさない導師ハラカーニーと三人の弟子。――カーシム、ホセイン。そして、シャムウーン。

　神秘階梯《マカーマート》の第三階梯《隠遁《ハルワ》》。

　さまざまな想念が頭のなかを渦巻いて、とても修行にならない。

　いつのまにか、アリーはズィクルをやめてしまっていた。

　坐を解くとかれは、絨緞《じゅうたん》の上にごろりと横臥した。そして目を瞑じた。

　――行者カーシムは、五十年以上をここで過ごしている。

　それは、シャムウーンの言葉だ。

　五十年――その長大な時間を費やして、ここにいつづける意味とはいったいなんなのだろうか。行者カーシムはまだ道を見いだしていないのだろうか。それとも、道を見いだしたからこそ、ここにいるのだろうか。

アリーは、巡礼の中途でそれが無為に終わることを恐れた自分をはずかしく思った。たかだか五年ほどの修行で、自分がいっぱしのなにかになったとでも考えていたのだ。いま巌《いわお》の頂《いただき》に五十年にもわたって穹廬をむすぶ行者と肩をならべるにおよんで、己の増長ぶりが思い知らされた。

(わたしは、修行の道をまっとうできるのだろうか)

かれは、なにかに駆りたてられるように起きあがった。ふたたび坐を組むと、憑かれたように一心に神名を唱えはじめた。

しかしそこに、答えはなかった。

陽が落ち、夜となった。

月明が葉から落ちた雫《しずく》のように頂に垂れ、みずみずしくあたりを照らしている。

青い夜気《やき》のこめる穹廬のなかで、蠟燭の炎だけがただその命を主張するかのように燃えている。

アリーは礼拝をはさんで、ひたすらにズィクルをつづけていた。幾度もおとずれる恍惚と昂揚感。しかしその間隙《かんげき》をぬうように、たえず雑念が頭をもたげてくる。それはまるで、精緻な細密画の描かれた壁面にうかぶ無数の罅《ひび》のようである。壁自体を瓦《が》解《かい》させることはないが、画面が正しい像をむすぶことをさまたげるのである。家を出《しゅっ》奔《ぽん》し神秘道《タサッウフ》に入って以来、億兆回も神名を唱え、ズィクルをつづけてきたが、こんな経験ははじめてだった。

なぜ、駱駝をつれた聖者はあそこにいたのだろうか。なぜ、導師ハラカーニーは姿を見せないのだろうか。なぜ、行者カーシムは五十年もここにいるのだろうか。なぜ、行者ホセインは二十年もここにいるのだろうか。なぜ、行者シャムウーンはここにいるのだろうか。──重ねられる《なぜ》《チェラー》という疑問詞が、答えられることなく頭のなかに垂れ流されてゆく。瑣末《さまつ》なことが、当然のことが、つぎつぎに疑念となって噴き出してゆくのである。──ここは、いったいどこなのだろう。ここは、どこだったのだろう。わたしは、いったいだれなのだろう。わたしは、だれだったのだろう。

……

奔流のように疑念があふれだす。

血が逆流するようなおもいがした。ズィクルによってかろうじて得られるわずかな安謐《あんひつ》がわずらわしい気さえした。

言葉が、氾濫《はんらん》している。――

ようやくそれに気がついた。

しかし気づいたところで、どうにもなるものではない。心のなかの騒然とした言葉の氾濫を治めるには、ふたたび至聖の神名で塗りこめてしまうしかない。そう、言葉を逐《お》うには言葉しかない。まるで悪循環である。コーランですら、言葉なのである。偉大なる神でさえ、預言者には言葉で語りかけたのである。……

本当に、そうだろうか。――

また雑念が疑問となってふつふつとわき出す。

いつしか夜は明け、朝になっていた。しかしアリーは礼拝をはじめようとはしなかった。

アッラー、アッラー、アッラー、……

坐を組み、ズィクルをつづけた。

それはもはや、なんの安静ももたらすものではなかったが、それでもアリーはやめることができなかった。すでにかれのズィクルは行としての意義を失い、苦行ですらでしかなかった。手応えのない虚無の海を泳ぐようで、圧倒的な絶望感にさいなまれるものでしかなかった。

心のなかではあいかわらず、絶えず疑問――言葉が溢れでて、斥けられぬまま充溢《じゅういつ》した。――なぜ神の名を唱える？　なぜ神の偉大なることを誓う？　なぜ神の唯一なることを誓う？　なぜ預言者の使徒たることを誓う？　なぜ預言者は言葉で語り、言葉で記した？　その言葉は正しく伝わったのか？　――なぜこんなことを考える？　なぜわたしは苦しめられる？　なぜ疑問が止めどなく溢れ出す？

なんだ、この疑念はなんなのだ？　――

アリーは堪えがたい嘔吐《おうと》を催《もよお》した。しかし神の名を唱えつづけねばならない。――どうして、唱えつづけねばならない？

日はめぐり、暮れて、夜になっていた。しかしもう、そんなことはどうでもよかった。――どうして、どうでもよい？

そのとき、アリーの頭に唐突にもたげる問いがあった。

わたしは、だれに尋ねているのか――？

アリーの口から、神の名がきえた。
わたしは、待っていたのだ。――かれは判然と自答した。
頭の深淵に澱《よど》んでいたなにかが、いま流れた。
それはあまりに自明のことであった。
問うとは、徼《もと》めることだ。わたしは問うことで徼めていたのだ。――
なにを徼めていたのか？――もはや瞭然としている。
くりかえす必要はない。一言でいい。
その名をいえばいい。――アリーがふたたび口を開きかけた、そのとき、
「それが、はじまりだ」
声が聞こえた。あの声だ。
蠟燭の火焰が大きくはためいた。火勢を得た炎は、ばちばち、となにか爆《は》ぜる音を
響かせて、のびあがった。
帷幕《いばく》にはあの夜とおなじ影が映っている。
アリーは、いった。
「導師ハラカーニー――ですね？」

影はわずかながらうなずいたように見えた。

＊

「名は？」

「アリーです」

すると影――ハラカーニーは、ほうと感心したように声をあげた。

「モルタザーの名だな」

《神に満足されし者《モルタザー》》とは、シーア宗祖であり第四代教皇《カリフ》のアリー・ブン・アビー・ターレブのことである。

いつ点《とも》され、いつより燃えているかもしれぬ燈火が、おぼつかない光を放っている。この火こそが、穹廬のなかのあらゆる影の主であった。世界が可視下を離れる時間――夜、形相の危うくなる存在にとって、影だけがその証《あかし》となるものだった。いわば燈火は、逆説的に世界を成立せしめるものといえた。

ゆえにその世界像は、必然的にいびつな印象をあたえる。

「導師は、あの晩、──」

世界のただひとりの住人は、

「わたしに、なにか仕掛けたのですか?」

影に問いかけるのである。

影──ハラカーニーは間をおいたあと、ふんと鼻で嗤《わら》った。

「なにも仕掛けてなどいない。おまえの軀にこびりついた厭な臭いを拭《ぬぐ》ってやっただけのこと」

「厭な、臭い?」

「厭な臭いとは、厭な臭い。──《行者《ファキール》》と名乗る者の、あの汚臭。《道《ファルク》》を語る者の、あの腐臭──」

吐き捨てるような口調であった。

「ならば、あの夜の、あの問いかけは、いったい……」

「襤褸雑巾《ぼろぞうきん》のようなものだ」

「襤褸雑巾、ですか?」

「襤褸でも雑巾は雑巾、軀は拭える。──誤った道でさえ、ときに行者を導くようにな──」

影はそういって、不敵に哂った。

アリーは本当に影に問いかけるような、手応えのなさをかんじていた。まるで水面に拳を撃つようで、真に己は独《ひと》りではないのか、この世界には己独りだけなのではないのか、という想いに駆られるのである。ならば影と気づかず問いつづける行者の姿はいかにも愚かだ——かれは孤独感や寂寥感よりも、ただ羞恥に似た感覚をおぼえはじめていた。

かれは問うた。

「師は、なぜお姿を顕現なさらないのですか？」

「影を視《み》せているだろう」

影は即答した。

「なぜ、影だけなのですか？」

「真の光明がないからだ。あるいは、影には影しか見えないからだ」

「……わたしも、影なのですか」

「世に影たるを知らぬ不遜《ふそん》者はあっても、影ならぬ者はない」

影は淡淡と答えた。

アリーが意外に思ったのは、導師が存外に饒舌なことである。かれはなんとなく寡《か》黙《もく》で隠者然とした師を想像していた。勝手な想像にすぎなかったようだが、いまのかれにしてはうれしい誤算におもえた。あらゆる存在が蠟燭の火の映し出す影によってわずかに証されているだけの現在、すでにこの空間にあったかれにとって、師の声は貴重なよすがといえた。

それはまるで、暗黒に吊るされた鈴のようであった。——

アリーは、問うた。

「師よ、あなたのお姿を見た者はあるのですか?」

「ある」

「それは」重ねて問うた。——「父母のことですか?」

影は平然と答えた。

「あれらが見た姿は、わたしの真の姿ではない。螟蛉《あおむし》を見た者が胡蝶《こちょう》を見たといえようか」

「それでは、いったいだれなのですか?」

「我が師だ」

当然ながら導師ハラカーニーといえどもスーフィーである以上、師があるのである。しかし、気になった。導師ハラカーニーはいずれの教えを承け継ぐ聖者なのだろうか。

「導師は、いかなる聖者に師事したのですか？」

するとと、即座に信じがたい答えが返ってきた。

「我が師の名は、アブー・ヤズィードという——かれに神の恩寵あれ」

アリーは我が耳を疑った。

アブー・ヤズィード。——およそ修道を志す者でその名を識《し》らぬ者はおるまい。《酩酊《スクル》の神秘家》として知られる、ペルシアの地が産んだ最高のスーフィーの名である。しかし、この人物はもう三百年近くもまえに、この世を去った故人なのである。いかにしてその教えを承けられようか。

「どの、アブー・ヤズィードですか？」

アリーはおもわず、そう尋ねた。

すると、影から高らかな笑い声がこだました。

「——人の魯《おろ》かなることよ、永遠の教えを修めてなお《二》を去れぬ。偉大なるかなアッラー。……アブー・ヤズィード・バスターミー、わたしはこの名をほかに識らぬ」

「しかし、わたしの識るアブー・ヤズィードならば、とうの昔に天に召されております。どうして現世に生きる導師がそれに教えを請うことができましょうか」

アリーのそんなささやかな反論を、導師は容赦なく却《しりぞ》けた。

「一知半解《いっちはんかい》の行者よ、おまえの知識がどうして偉大なる神秘家《アーレフ》について忖《はか》れよう
――」

影――ハラカーニーはそこで言葉を切った。

不意の沈黙が、夜の静寂を想い出させた。

謐然とした夜気のなかで、ただ蠟燭の燈火だけが赫赫《かくかく》としている。

穹廬のなかのすべての存在は心もとなく、危うい。暗黒のなかに身体が融和し、忽《こつ》然《ぜん》と呑みこまれてしまうような妄夢さえ心中に巣くいはじめたとき。

風が蠟燭の火焰を撃ち、影がかき乱れた。

「神秘家は、神の手にすらないのだ――」

アリーはしばし、その言葉の意味が理解できなかった。

それは、いったい。……

声にならなかった問いが暗闇をさまよう。

闇に瞬く光のように、鈴の音のような清澄《せいちょう》な声が透った。

――スーフィーは創造されないのだ。

「至上なる神は万物を創造した。しかし、スーフィーだけは造らなかった」

師は冷然といいきった。

歯車が回るようにゆっくりと、その言葉は連結をはじめ、目のまえに意味を紡《つむ》ぎあげた。その意味に気づいたとき、アリーはそれがもたらす衝撃に胸をつまらせた。

「そ――」アリーは言葉を識《し》らぬ幼子のように口ごもった。「――それは、二元論ではないのですか」

二元論――その異教的な言葉は、あまりに唐突に、そしてあっさりと口外に吐かれた。

「神と人の存在――それを認めてしまうことは、神に対立するものを認めてしまうことになります！」

かれは勢いこんで、いった。

「――どうしてゾロアスター教徒は愚かしくも火を拝し、地霊《シファート》を崇《あが》めるのか。それは、かれらが神の唯一なることを知らぬからです。神の本質《ザート》と属性とを混同し、見失い、幼稚な自然崇拝に陥った無知さゆえなのです。――すべては神の創造のもとになり、ゆえに万物は絶対なる《一》の上にある。……そして、それこそが《神の絶対唯一性《タウヒード》》の証であり、行者の修めるべき道と……」

かれはなおもたどたどしい口調で、

「――導師はしかし、スーフィーは創造されない、とおっしゃられる。それでは、スーフィーが神に対峙してしまう。《二》が産まれ、神の《一》が失われてしまう。――かつて、偉大なる神秘家ホセイン・マンスール・ハッラージは、神の唯一なるを掲げるがゆえに、〝我は神なり《アナー・アル・ハック》〟を叫び、縊《くび》られ、その身体は火中に投げ入れられたのです」

一息にいいきった。それは、アリーがいままでに幾多の書物を読みあさって、求め、奉じてきたスーフィズムの基盤であり、すべてであった。

イスラームにおける至上命題《神の絶対唯一性《タウヒード》》――アッラーを唯一の神と誓い、ほかのいかなるものへの信仰も否定するそれは、神との直接逢遇を目指すスーフィズムにおいて、神人合一――すなわち自我の完全消融というかたちで完成された。自我の消滅によって、自己を本来存るべきところ――神に再帰属させるのである。そうすることで万物は神という唯一の焦点に収斂《しゅうれん》し、統一される。スーフィーたちの修行とはつまるところ、この境地に至るための過程でしかない。――いわゆる神秘階梯《マカーマート》である。

ところが、もしハラカーニーのいうようにスーフィーが神の創造を離れ、被造物としての立場を拒絶するならば、スーフィーは神と永遠に合一をはたせないことになる。――それは水と砂のようなものである。空から地に降り落ちた水は川をながれ、海にそそぎ、ふたたび雲となり、空へと還《かえ》る。しかし、砂はちがう。ただ川を海を漂い、澱むだけである。永遠に溶け合うことはない。――二度と天へ還ることはないのである。

ハラカーニーの言葉は、神の唯一性を冒すばかりか、スーフィズムそのものを否定しかねないものだった。

ハラカーニーの影は、アリーの叫声がその残響まで消えうせるのを待つかのように、しばらく沈黙した。

そしてつぶやくように、ハッラージ、ハッラージ、とくりかえし、ようやく納得したように、「ああ、あの《綿織り工《ハッラージ》》のことか……」と小さな声でいった。

ホセイン・マンスール・ハッラージは神人合一の境地に至り、〝我は神なり《アナー・アル・ハック》〟と言明し、瀆神《とくしん》の罪で処刑されたスーフィーである。その処刑は二百年以上もまえの出来事であるが、スーフィズムの歴史においては巨大な分水嶺となった事件であった。

アリーにいわせれば、ハッラージは当時のさまざまな思惑《おもわく》、思想を背負わされ、葬られた殉教者である。かれはスーフィズムの岐路における偉大な牽引者であり実験者であり、また犠牲者であった。当時にあって、また後代にあっても多くの思想家たちが、かれの死に自らの解釈や思想を仮託し、押しつけてしまった。ハッラージの思想を継いだとして、かれの死の同年におなじく処刑されたイブン・アターなどその好例といってよい。かれは故人に自らの思想と信仰と、そして生を託して、殺された。いわば、生者が死者に己を託したのである。

……そんなとりとめのない考えに囚《とら》われていたアリーの頭に、導師ハラカーニーからおもいがけない、そして辛辣《しんらつ》な言葉が響いた。

「ハッラージとは、あの、《神の受肉を説く者《フルーリー》》のことか」

アリーは、愕然とした。

《受肉《フルール》》——それは預言者イエス《イーサー》にあたえられた最大の冒瀆的解釈——キリスト者の教えである。神性《ラーフート》という不可離、不可分にして、ましてや賦されることなどありえぬものを、人である預言者イエスのなかに見いだす受肉説など、イスラームにおいては到底認めることのできない冒瀆的な教説であった。

そして、ハッラージに寄せられた誹謗中傷のうちで最悪のものが、この《受肉を説く者《フルーリー》》なのである。つまり〝我は神なり《アナー・アル・ハック》〟を受肉説の表明とみなすものであった。

「導師は、ハッラージを拒絶するのですか？」

すると影──ハラカーニーは、哂いだした。

「小黠《こざか》しい、小黠しい。おまえの話す言葉はすべて誤りがない。しかしまた正しくもない。たしかにハッラージは合一《エッテハード》の境地に至って、あの言葉を叫んだ。しかし、一方でそれは、まさに受肉《フルール》の瞬間でもあった。──すくなくとも、あの男はそう信じた。……そう、おまえの言葉で語ってやるならば、あの男は殉教者などではないのだ」

それはどういう意味なのでしょうか──アリーが問いかけようとするのを制するように、ハラカーニーは声をついだ。

「ハッラージにおける最高の恩寵は、その軀を灼《や》かれたことだ。……おまえにハッラージの愉悦《ゆえつ》が解るまい。舌を截《き》りとられたときの快感、首を刎《は》ねられたときの悦楽。──ついにかれは火に投じられ、その身を灼き、灰となったのだ。解るまい、解るまい。その至上の境地《ハール》」

その声はまるで、ハッラージの境遇に羨望を誘うように響いた。

アリーの心のなかに、見たこともない情景が拡がってゆく。——巨大な火焔となった焚刑《ふんけい》の炎から、脂の燃えた煙がたなびき、肉の焼けた臭いがあたりをつつむ。不意に炎は天にむかってぱっくりと口を開き、黒い灰を空へと吐きだした。聖者であった殉教者であった冒瀆者であった受肉論者であった男の屍肉はただ、ただ黒い灰となって宙を舞い、——天へと昇る。

その風景を刑場でながめ、凝然《ぎょうぜん》と天を仰いでいる少年こそ、——

(わたしではないか——)

アリーは翻然《ほんぜん》と、その刹那《せつな》の夢から覚醒した。

その心象は、遠い記憶のように茫《ぼう》と閉じてゆく。

アリーは口を開き、まるで小さな喜びを伝えたくてしようのない子供のように、言葉をまくし立てた。——「それは、自我消融をはたした悦びでしょうか？　それとも、神との合一をはたした悦びでしょうか？　それとも、物質的な身体の消滅にたいする悦びでしょうか……」

しかし、口に出すにつれ、かれは己の言葉に空疎をかんじた。まちがったことをいっているわけではないのに、どこか虚言のようであった。

影――ハラカーニーは、その揺れを精確に、そして鋭く衝《つ》いた。

「もはや気づいていることだろうが、おまえの言葉は言葉ばかりなのだ。――おまえはすべての言葉と教説を背負って、虚無の淵に堕《お》ちてゆくつもりか」

「言葉……」

「言葉とは眼前の蠟燭のようなもの。意味という炎を燈し、傲慢にも世界を照らそうとするが、所詮は玄穹《げんきゆう》の星芒《せいぼう》。真実の光のまえでは、偽りの光にすぎぬ。――表層の意味にたよるな。意味はすぐに剝落《はくらく》する。……よいか、ものが意味を喪《うしな》うのではない、意味がものから剝落するのだ。ちょうど、下手な騎士が馬から落ちるようにな。

――言葉とは、騎士を失った空しい馬にすぎぬ」

「では、導師はなぜわたしに言葉で語りかけるのですか？」

「わたしは言葉など用いない」

「しかし、現に、いま……」

「よかろう――」

そのとき、蠟燭の炎が不意に大きくひろがった。

「ひとつ、答えをやろう――」

影が、波をうったように揺らぎ、かすんだ。

「朝、目の醒めるとともに、――」

そのとき、己のまえには、ただ影しかなかったことを、アリーは想い出した。

「カーシムの穹廬をたずねてみよ」

火が、きえた。

影も失《う》せた。

そこで、アリーは目醒めた。

撥《は》ねるようにとび起きると、獣のような動作であたりを見わたした。

「朝――」

第三章　行者カーシム

男の語る物語はいよいよその内容からして、夢がたりめいてきた。いかに神秘主義的な聖者譚《たん》とはいえ、にわかに受け容れがたい話である。……

聞き手であるファリードはそう思った。

アリーと名乗った語り手の男は、それが義務であるかのように、恬澹《てんたん》とした口調を守っている。かれ自身、物語のなかのアリーという人物が己《おのれ》のことだと言明したわけではないが、その他人事のような語り口はやはり違和感をかんじさせるものだった。もちろんアリーなどという名はありふれていて、まったくの別人かもしれないのだが。

あいかわらず燭台に立てられた蠟燭からは白い煙がたなびき、穹廬のなかで渦を巻き、空気を白濁させていた。噎《む》せるようである。

(あれも、蠟燭だ……)

ファリードはふと、そう思った。

茶褐色の粗悪品。話に出てくる蠟燭そのものである。不純物が多いせいか、いやに煙を吐きだす。

しかし語り手はまるで気にする様子もなく、もちろんその蠟燭について言及することもなく、そもそも聞き手であるファリードにさえ一分の関心をはらうこともなく、ただ語りつづけていた。

本当にこの物語は、かの聖者と関連してくるのだろうか――ファリードはすくなからず不安をおぼえはじめていた。

＊　＊　＊

弩《いしゆみ》にはじかれた飛礫《つぶて》のように、アリーは穹廬《きゆうろ》を飛び出した。

　夢と現実が間断なくつづいているようで、身体の感覚に現実感がない。まるで雲の上を歩くような、もどかしさをかんじる。そのうえ強烈な朝の光が、頭上からかれに襲いかかった。額にははやくも汗がにじんでいる。

　かれは小手をかざし、山頂を見はるかした。

　穹廬がほかに三つ立っていた。おそらくひとつがカーシムのもので、残りがホセインとシャムウーンのものであろう。しかしどれも——アリーのものをふくめて——おなじ円蓋形の、山羊の毛の天幕に覆われた穹廬で、どれがカーシムのものやら、まるで見当がつかない。

　それに、いつかシャムウーンに、隠遁の行に身を修める行者たちに会いに行ってはいけない、と誡《いまし》められたことがあった。穹廬の外から誰何《すいか》することもためらわれてしまう。

（しかし——）

この場合は、師の命である。あのときシャムウーンは、師の命でアリーを訪ねた、ともいっていた。それは師の命令は絶対に優先されるということを意味するものである。

そして、それ以上にアリーは、もはや己を抑えることができないでいた。衝動とも焦躁ともちがう切迫感が胸を衝《つ》きあげてくるのである。――気がついたときには、一番近くに見えた穹廬へむかって駆け出していた。

穹廬のまえに立って、さてなんと声をかけようものかと案じていると、目のまえの白い幕がすうっと開いた。

出てきたのは、シャムウーンであった。かれはアリーの姿を認めると一瞬驚いた顔をみせたが、すぐに察したらしく、いった。

「あなたも導師の声を聴いたのですね」

アリーはこくりとうなずき、訊いた。

「行者カーシムの穹廬はどれか、ご存じですか？」

「え、ああ、はい――」

シャムウーンはいちばん端にあった穹廬を指さした。

「あれです」

「急ぎましょう――」

アリーは応《おう》も待たずに駆けだしていた。シャムウーンも曳きずられるようにそのあとを追った。

カーシムのものだというその穹廬は、アリーらのものと寸分たがわぬもので、遊牧民のつかう穹廬をひとまわり小ぶりにしたかんじである。なかは当然のごとくひっそりとしていて、しわぶきひとつ聞こえてこない。

アリーはひどく遠慮した口ぶりで、行者カーシム、と声をかけてみた。しかし反応はない。つづいて、シャムウーンも心苦しそうに声をかけたが、結果はおなじであった。

二人は顔を見合わせた。

「……これは、眠っているということでしょうか」

アリーが訊くと、シャムウーンはううん、と唸った。

「わたしも、はじめてのことですから……」

「しかし導師はわたしに、朝、目の醒めるとともに――とおっしゃられました」

「はい、はい」

シャムウーンは少少わずらわしそうな表情で、

「——わたしもそうでした」

「では……」

そういって、アリーは白い帷幕《いばく》に手をかけた。それを見たシャムウーンは渋い顔をした。しかしすぐに、しかたがないといったふうに首肯した。アリーは意を決し、入口の幕をまくりあげようとした。ところが、幕はなにかにひっかかっているらしく、開かない。

「これは……」

「内から紐が結《ゆ》わえられているようですね」

と、シャムウーンはいった。穹廬入口の帷幕は内側の紐をむすぶと、外側から開かないようになっている。一種の鍵であるが、その役目はもっぱら風対策である。

「これは、なかに入るな、ということでしょう」

シャムウーンはほっとしたようだった。

「修行の邪魔をするわけにはまいりません。退きましょう」

かれはそういうと、さっそく帰ろうと歩きだした。どうもこうしたときの、去り際《ぎわ》はいやにさっぱりとしている。しかし、アリーはその背中に、いや待ってください、と声をかけた。シャムウーンは背中ごしに、なんです、と答えた。いかにも迷惑そうな口ぶりである。

アリーはのぞき込むように帷幕に顔を接近させて、いった。

「……なにか、臭います」

「におう？」

シャムウーンは怪訝《けげん》そうにふりかえった。

「ええ」アリーは低い声でいった。「――はっきりいうと、血の臭いです」

「血ですって？」

シャムウーンはやけに頓狂な声をあげた。

「――獣の血の臭いかなんかじゃないですか？　なかに山羊の肉でも干してあるのかもしれない」

アリーは首を横にふった。

「わたしだって獣の血の臭いぐらい判ります。むかしから家で何度となく屠畜を手伝いましたからね。――しかし、これはちがう。山羊でも牛でも羊でもありません。どれともちがう、血の臭いです」

シャムウーンはごくりと唾《の》を嚥んだ。顔は真っ青である。かれがなにを想いうかべたか、アリーには手に取るようにわかった。

シャムウーンは気のりしない様子でもどってきた。あなたも嗅いでみますか、とアリーが訊いてみると、かれはゆっくり首をふって一言、信じますよ、とつぶやいた。

帷幕を外から強引に開けることはそれほど困難ではない。隙間から手を差し入れ、なかの紐を切ってしまえばよい。

なにか切るものはありますか、とアリーが訊くと、シャムウーンは腰にさしてあった短刀を鞘《さや》ごと抜いて、かれに手わたした。

アリーは鞘を外し、短刀を右手ににぎると、帷幕の隙間に差し入れた。そして手摸《てさぐ》りで紐を探しあてて、紐を断ち切った。一呼吸おくと、差しこんだ右手をたぐるようにして、帷幕を一気にまくりあげた。

「ああ――」

アリーはおもわず声をあげた。

円形の穹廬のちょうど中心。

老いた粗衣の男が、額に短刀を突き立てて、斃《たお》れていた。

もちろん、生きてはいなかった。――

＊

アリーはしばらく、その遺骸を直視できなかった。

（ひどい――）

臆病風に吹かれたわけではない。やりきれなかったのだ。

五十年間も俗界を避け、山中に寂然《せきぜん》と修行をつづけた清貧の行者。そんなスーフィーの最期が、目のまえにころがっている。

老人である。六十歳はとうに越えているだろう。禿げた頭には白い髪がわずかに残っているだけである。対照的に白鬚は胸のあたりまでだらしなく伸びている。四肢は枯れ枝のように細く、弱弱しかった。身体中を鞭のようなもので撻《う》たれ、衣ごと皮膚が裂かれて、血まみれになっていた。喉元はかっ切られて、ぱっくりと大きく口を開いていた。

そして額には、短刀が屹然《きつぜん》と突き刺さっている。

アリーは老人の顔をのぞきみた。

その両目は瞋《いか》ったように大きく見瞠《みひら》かれ、顔全体には苦悶の表情がうかんでいる。

激痛に堪えかねたのか、下唇のあたりが強く嚙まれて、血がにじんでいる。

——みじめな。

アリーは心底そうおもった。これが本当に、厳粛なる修行者の最期なのだろうか、五十年にもおよぶ修行の結果なのだろうか。——かれはその哀切とむなしさに胸がつまらせられる思いがした。

シャムウーンは入口のそばで貧血をおこしたように真っ青な顔をして立ちつくしていたが、ようやく「これが、行者カーシム……」とつぶやいて、よろめきながら歩みよってきた。そう、かれにとってもこれがはじめての対面なのだ——そのことをアリーは想い出した。

二人はしばらく、このあわれな屍体のまえで、黙ってたたずむしかなかった。

どのくらいのあいだ、そうしていただろうか。

「殺されてるなんて……」

だしぬけにシャムウーンがいった。そのときアリーは、己の心臓が強く脈搏《う》つのをかんじた。

——そうだ、殺されている。

アリーはようやく気づいた。よく考えれば歴然としたことである。目のまえの屍体――それは絶対に自殺や自然死などではありえない死にざまだった。

「いったい、――」アリーは慎重に言葉を口にした。「だれに、殺されたんでしょうか？」

シャムウーンはまるで一つ山を阻《へだ》てていたような間隔をおいて、ぶるぶると首を左右にふった。そして蚊の鳴くような声で、

「そんなの、わかりません。……山賊の、たぐいでしょうか……」

「山賊ですか？　それはないでしょう」

アリーはすぐに否定した。

「いくらなんでも修行者《デルヴィーシュ》を狙う山賊はいないでしょう。そもそも、ここに山賊なんているんでしょうか」

デルヴィーシュの原義は《乞食》である。乞食のたむろするこの山に蟠踞《ばんきょ》する山賊など、あまりに非効率的な集団である。行者カーシムがとくに山賊に狙われるほどの財産をたくわえていたとも考えにくい。

もっとも、その為人《ひととなり》が知られぬ以上、生臭《なまぐさ》坊主であった可能性はある。

「行者カーシムは、その、ふもとの村と交流をもっていた、ということはないのです

か」

と、アリーは訊いた。

「それはどういう意味ですか？」

「たとえば、そこの村人ともめごとでもおこして、なにか怨みを買っていたとか、そういうことです」

「ああ、はい、はい」シャムウーンは諒解した、というふうにうなずいた。「それはありえませんね。まず、ここのふもとに村なんてありません。ここは村も街も、隊商路からも遠く離れています」

なるほど、この《山》を甘くみていた——アリーは己を恥じた。ここは実際的な面でも俗界から分離しているのだ。大海のごとき俗界のなかでこの地は孤絶している。またさきの山賊説はここでも却《しりぞ》けられた。村や街から離れた山賊など陸の魚である。行者カーシムは生臭坊主でもありえない。世俗にまみれる材料がないのである。

シャムウーンは追い撃ちをかけるようにつけくわえた。

「それに、たとえ村があったとしても下山する必要はありませんよ。この山は意外と豊かです。それに、村に行っても、ものを購《あがな》う金などあったかどうか……」

そう、五十年も山にこもっている行者が金などもちえるはずがない。新来のアリーにしても、手許に一銭《ディルハム》もなかった。物乞いをしようにも村はない。そもそも物乞いをする必要がない。——やはり山賊説は破綻《はたん》している。

「もっとも、ときおり遊牧民が通りかかって、家畜を分けてもらうようなことはあります」シャムウーンはさらに付した。「——しかし、ここ一年、かれらが来たなんて話は聞きません。それ以上に、かれらが、ここの行者を殺すようなまねをするなんて——」

そう、おもえないのだ——アリーも同感だった。いったい俗人がどうして山中の貧しい行者を殺す必要があるだろうか。不自然きわまりない事態である。しかも、行者カーシムは五十年間も禁欲の修行生活をおくっていたという。どうして俗人と、殺人などという関わりをもちえただろうか。

しかし、そうして俗人の可能性を消すことは、より恐ろしいことに思えた。

行者カーシムは、あきらかに、だれかに殺されたのである。

アリーとシャムウーンは、どちらからともなく目をあわせ、そして背けた。

胸を圧するような気まずい沈黙があった。

それを破ったのは、シャムウーンのうわずった声であった。

「……そ、そうなると、おのずと、限られてきますね」

「そうです」アリーは重重しくうなずいた。「……可能性があるのは、行者ホセイン。それに、わたし。あなた……」

かれは、永すぎる間をおいた。

「……そして、……」

「馬鹿な」

シャムウーンは堪えきれず大声をはりあげた。

「あ、あなたは、まさか、導師が殺したとでもいいたいのですか。……愚かな。ああ、愚かな、愚かな。そんな、そんなこと、ありえませんよ」

「……そうでしょうか？」

と、アリーはわざとつめたく反問した。

「ええ、ええ、そうです」

シャムウーンは自分にいい聞かせるように何度もうなずいた。

その姿を、アリーはいぶかしく見つめた。

(気づいていないはずがないのに……)

われわれをこの場へ導いたのは、ほかならぬ導師ハラカーニーではないか——アリーはあやうくその言葉を口にしそうになった。

結局、師の命はこれを見せるものだったのだ。ならば、当然のように疑問がおこるはずである。——どうして導師はカーシムの死を知っていたのか？

しかし、シャムウーンはあくまでも、その可能性を無視するようである。

それは、師にたいする忠節からなのだろうか、それとも絶対的な信頼ゆえの当然の姿勢なのだろうか。——アリーにはわからなかった。

シャムウーンは依然として横たわる哀れな行者の屍体に目のやりどころを失ったのか、すこし外に、といい残すと、穹廬を出ていってしまった。

アリーは複雑な思いでその背中を見送った。

＊

残されたアリーは穹廬のなかを、やるかたなく見わたした。

穹廬は大きさ、構造ともにアリーのものと酷似しており、三人も入れば息苦しくなりそうなほどに窮屈である。穹廬の天頂にある車輪のかたちをした木製の輪骨から、彎曲《わんきょく》した骨脚が十本ほど放射状にのびて、側面をなす蛇腹《じゃばら》状の木柵《もくさく》に接合している。その骨組の上には、山羊の毛で編んだ布がかぶせてあった。布は風で飛ばされぬよう木《き》杭《ぐい》で地面に固定されている。

床には無地の絨緞が敷かれてあり、その上に屍体はころがっていた。

全身——とくに喉元——の傷から噴きだした大量の血が絨緞の上に流れ、べったりと沁みこんでいる。その凝固ぐあいから判断するに、死んでからそれほど時間はたっていないようだ。おそらく、夜明けの前後あたりに殺されたのだろう。

アリーは屍体の肩に手をかけ、すこしもちあげてみた。血で貼りついていた粗衣と絨緞がぺりぺり、といって剝がれた。鞭で撻たれた傷は、背中のほうにも刻まれていた。

穹廬の隅には何冊かの書物がつまれている。コーランやハディースはもちろんのこと、『タワースィーンの書』に『閃光の書《キターブ・アル・ルマア》』、『スーフィーの階層的分類《タバカート・ウッ・スーフィーヤ》』、『覆われたるものの顕現《カシュフ・アル・マフジューブ》』、『クシャイリーの書』など、主要なスーフィー文献がそろっているようである。ほとんどがアラビア語の原書で、カーシムは学者肌の行者だったようだ。

そういえば、アリー自身もこうした書物を手許から離さず耽読《たんどく》し、裡《うち》に思索を深める型の行者であった。なのに、あの書物群はいま、かれの手許になかった。

（そういえば、どこに置いてきてしまったんだろう……）

メッカへと巡礼《ウムラ》に出発したとき、荷物のなかへ入れたことまでは記憶している。ところが、それからどうしたか、まったく想い出せない。荷から出したおぼえはない。しかし、たしかに、いまかれの穹廬のなかにはなかったはずだ。

アリーは心のどこかに、ぽっかりとした空白をかんじた。

（まあ、いい……）かれは自分自身にいいきかせるように、書物群から目線をそらせた。まるで、なにかからの逃避のように、うしろめたい気分がした。

つぎに目にとびこんできたのは、燭台である。陶製らしい、なんの変哲もない安物の燭台である。皿の部分がすこし欠けている。蠟燭は立っていなかった。かれはしばらくそれを、なんの気なしにながめていた。が、

――おかしい。

違和感をおぼえる。

燭台自体には、なんらおかしなところはない。

問題はその位置である。アリーはふりかえって、穹廬の入口をたしかめた。太陽の光が射しこみ、影ができている。つぎに穹廬内部を見まわした。そして視線をふたたび燭台にもどして、かれは首をかしげた。

かれが燭台のほうへ近づこうと屍体を跨《また》ぐと、その靴底にみょうな感触があった。

段差になっているようなのだ。不思議におもって足許をのぞきこむと、かれの踏んだところの絨緞が不自然に盛りあがっている。──いや、踏んだところだけではなかった。正しくは、ちょうど屍体のかたちに沿うように──つまり屍体の載っている部分だけが、ほかより盛りあがっているのである。どうやら、なにかが絨緞の下にはさまっているようだった。

アリーは不審におもって、へりから絨緞をめくってみた。すると、ちょうど屍体の下の部分に、ひとまわり小さな黒絨緞がもう一枚、敷かれているのをみつけた。屍体の部分だけが二重になっていたわけである。下にある小さい絨緞は、上の絨緞にところどころ貼りついている。おそらく血が乾いていないうちに敷かれたため、上の絨緞を浸透した血が凝固するにあたって、それが糊《のり》代わりとなって二枚の絨緞を固着させたのだろう。すこし力をいれるだけで二枚の絨緞は、ばりばり、といって剝がれた。

どうにも、不自然である。

なぜ、小さいほうが下に、大きいほうが上に敷かれているのだろう。しかもそれは、屍体のかたちを象《かたど》るように敷かれているのである。

いったい、だれが敷いたのだろう。そして、なぜわざわざこんなふうに敷いたのだろう。

アリーはしばらく思案したが、見当もつかなかった。

アリーはのっそりと立ちあがると、あらためて屍体を見なおしてみた。もちろんその光景になにか変化のあったわけではない。あいかわらず、あわれな老人の屍体があるだけである。そこには神神《こうごう》しい光華が充ちているわけでも、芬芬《ふんぷん》たる香気が漂っているわけでもない。聖者でもなければ行者ですらない、ただただ老人の骸《むくろ》である。

アリーは、その老人の苦悶にみちた死顔に、己の相貌が重なってゆくような幻覚をおぼえた。ながめればながめるほどに、己の貌《かお》に消《に》てくる気がするのである。それはまるで己の祖型をみるような、あるいは己の子をながめるような――そんな気分であった。もしかするとわたしは、この老人に行者としての自らの過去、現在、未来を重ね合わせてるのかもしれない――かれはぼんやりとそんなことを考えていた。

すべきことを失ったかれは、穹廬の出口に歩みよって、その帷幕に手をかけたところで、再度ふりかえった。もはやそこには、見飽きた屍体の全景があるにすぎない――そのはずだった。

ところが、かれはそこに、不可解な既視感を見いだした。
鞭撻《むちう》たれ血まみれになった身体に、短刀で傷つけられた額。
どこかで、見たことがある――？
苦悶にみちた死相。しかし、
――ハッラージは、殉教者などではない。
――解るまい、解るまい、その至上の境地《ハール》。
それは、昨夜のハラカーニーの言葉。
なぜ、いまそれを想い出す？
このあわれな、醜悪な老人の死顔に強迫されているのは、
歓び、か。――
アリーは不意につめたいものをかんじ、身顫《みぶる》いした。
それは、畏怖だろうか。

かれは心のなかのなにかを振りはらうように、大きく首をふった。そして、ふたたび帷幕に手をかけ、穹廬を出ていった。

＊

外ではシャムウーンが深刻そうな表情で腕ぐみして、待っていた。

「気が、すみましたか？」

かれは皮肉な微笑をうかべて、そういった。アリーは答える気にもなれず、黙って首をふった。

「それはそうとして」シャムウーンは鼻の頭をかきながらいった。

「――行者カーシムを死に至らしめた者は、どうやって外に出たのでしょうかね」

「どうやって、というと？」

アリーは問いの意図がつかめず、そう訊きかえした。するとシャムウーンは諭《さと》すようにいった。

「いやいや、この穹廬、内から紐で閉じられていたではないですか」

「はあ――」

アリーは内心、首をかしげた。

（この男はなぜ、こんなことをいってくるのだろう——）

どうやらシャムウーンのほうでも、アリーの態度が意外だったようで、首をかしげている。かれはうかがいを立てるようにいった。

「大いなる謎、とは思いませんか？　あなたはなかで、そのことについて調べていたのではなかったのですか？」

「いえ、まったく」アリーは否定した。「べつになにか調べていたわけでもありません」

たしかに気になる点はいくつかあって、ごそごそとやっていたが、なにか特別な意図があってのことではない。

しかしシャムウーンは釈然としないらしく、

「……殺人者がどうやって穹廬を出たか、不思議に思いませんでしたか？」

「はい」アリーは素直にうなずいた。「あまり意味のあることではないでしょう。それがわかったからといって、そう、犯人が判るとは限りません。……それに、あまり不思議とも思いませんね。方法自体ならいくつもあるでしょう」

「方法って、閉じられた穹廬のなかから外に出る方法がですか？」

「ええ」

「たとえば、どのような方法が？」

と、シャムウーンは興味深そうに訊いた。

アリーはたいして考えることもなく、答えた。

「要は出たあとに、なかの紐をむすんでしまえばいいわけです。帷幕の隙間から手を差しこんで、むすべばいい。片手でもできるでしょう」

「いやいや、結び目が手にとどくところにあれば、入るときに短刀で紐を切る必要なんてなかったでしょう」

たしかに入るとき、結び目は外からまったくとどかない位置にあったのだ。

「それなら、帷幕の上からむすべませんか？」

するとシャムウーンは、穹廬の白い帷幕を右拳で敲《たた》いた。ぼすっという音がして、その厚みがしれた。とても外から紐のような細いものを自由にあつかえる厚みではない。

かれは、どうだ、といわんばかりの表情でアリーを見た。しかし依然として、アリーにはかれのいう《不思議》がよく理解できなかった。むしろ、かれのこの態度こそが不思議である。どうして、こんなことに拘泥《こうでい》するのか。

ないですか。

——どんな不可能状況も、導師ハラカーニーの力をもってすれば可能になるのではよほど、そういってやろうかともおもったが、さすがに思いとどまった。アリーはひそかに一息つくと、つとめて冷静にいった。

「まあ、いずれにせよ、どうにでもなるものでしょう。なにか仕掛けをつくるとか——たとえば糸を外まで延ばして、それを引けば内の紐がむすばれるような——そんなものを仕掛ければいいわけです。瑣末《さまつ》ですね。あまりこだわることではないでしょう。そんなことよりも——」

と、アリーはシャムウーンのいう《大いなる謎》をばっさりと斬り捨て、

「——行者ホセインは、来ませんね」

アリーは遠くにホセインの穹廬を見やった。

「呼びに行かなくてもいいのでしょうか」

シャムウーンはさきのアリーの言葉が癇《かん》に障《さわ》ったのか、しばらくすねたように不満げな目をむけていた。しかし、その小さな抗議をあきらめると、少少投げやりな口調で、

「ええ、ええ。行者ホセインですね。たしかに気になります。しかし、呼びに行く必

要はないでしょう」

「どうしてですか」アリーは訊いた。

「われわれのすることではないからです」

シャムウーンは即答した。

「もし必要があれば、とうに導師がお伝えになっていることでしょう――われわれのようにね。ところが、いまだに姿をみせません。ということはつまり、導師がお伝えしていないか、あるいは行者ホセインは知っていながら来ていない、ということになるでしょう」

「知っていながら来ない、とはどういうことですか」

「自らの修行を優先させた、ということではないのですか。そのあたりはあなたのほうが詳しいでしょう」

あくまでも《独居《ウズラ》》を選び、姿を顕わすことを拒んだということだろうか。

「しかし、師兄が殺されたんですよ」

と、アリーが責めるような口調でいうと、にわかにシャムウーンの表情がけわしいものとなった。

「……行者アリー、あらためていいますがね、ここにはただ導師ハラカーニーを慕う者たちが屯《つど》っているだけのこと。門弟たちは一様に導師との師資関係こそあれ、横のつながりはいっさいないのです。ましてやそこに師兄や師弟といった上下関係もありません。みな導師の弟子であり、それがすべてなのです。ですから、わたしがあなたの師兄でないように、行者ホセインにとっても行者カーシムは師兄でもなんでもない。隣人ですらないのです」

かれは諫《いさ》めるような口調でそういった。

「それに――」

低い声で、つけくわえた。

「――行者ホセインは、行者カーシムの存在自体を知らないのかもしれません」

不意の風が、カーシムの穹廬をゆさぶった。

ぎいい、と骨組がきしむ不快な音が響いた。

シャムウーンは、口を真一文字にむすんで、沈黙した。

アリーは、観念して口をひらいた。

「わかりました。……どうやら、あなたのおっしゃることが正しいようです」

するとシャムウーンは、いやいや、わかればいいのです、と満足げにうなずいた。

かれはここの師弟関係についてうるさくいうが、その態度はどこか師兄然としている。おそらく突如現れた朋輩《ほうばい》にたいして、態度を決めかねているのだろう。ひょっとすると、こういった状況、関係にあまり慣れていないのかもしれない。アリーのように、どこかの教団を経てここへ来たわけではないようだ。

アリーはふたたびカーシムの穹廬に目をむけた。

「――そうなると、われわれだけで葬らなければなりませんね」

なにげない言葉だった。しかしこれに、シャムウーンは過敏に反応した。

「葬る！」ほとんど絶叫に近かった。「――それは、いったい、どういうことですか」

アリーは怪訝そうに答えた。

「もちろん、行者カーシムのことです。まさかあのまま放置しておくわけにもいかないでしょう。遺体を清めて、埋葬しなければなりません」

「埋葬！」シャムウーンはふたたび叫んだ。そしてアリーを押しやるように左手をまえにかざすと、たどたどしい口調でいった。

「それなら、……そう、わたしがやります。あなたはここに来たばかりで、そう、勝手もわからないでしょうし」

「ひとりで、ですか？」アリーが訊くと、

「心配はいりません」

シャムウーンは語気を強めていった。

「あなたにまかせるわけにはいかないのです――」

アリーは驚いた。もちろん釈然としなかったが、ここまでいわれては言葉もない。見ると、シャムウーンはすっかり余裕の失われた表情になっていた。

（いったい……）

アリーには訳がわからなかった。ただシャムウーンは、《葬る》そして《埋葬》という言葉に異常な反応をしめし、かくも態度を急変させた。かれの目はあきらかに、アリーを邪慳《じゃけん》にするそれへと変わっていた。かれは聞こえるか聞こえないかの小さな声で、後始末もまかせてください、とつけくわえた。はやく去れ、とでもいわんばかりである。

アリーは望まれるまま、シャムウーンにすべてをまかせることにして、その場を去ることにした。まるで追いたてられるような後味の悪さだった。

*

亡き行者カーシムの穹廬を去り、自らの穹廬のまえにもどってきたアリーは、なかに入ろうとして、ふと足をとめた。そして、そこに横たわる景色を見わたした。

朝の光は燃えるように強く、頂を熱しはじめていた。

烈《はげ》しい熱線を容赦なく浴びせられた大地は、まるでうめき声をあげるかのように光をはじき、爛爛《らんらん》と耀《かがや》いていた。それは、見る者の目を傷める光であった。

アリーはその風景に、はじめて気づいた。

（この生気のない世界はなんだろう――）

見はるかす風景に彩りはない。まばらな草木、赤く灼けた岩肌。頂から望む眼界は、黄褐色の流沙のみ。

死だ。――アリーは直観した。

生と死の拮抗《きっこう》は二元論者の妄想にすぎない。現に、生と死は連続しても、けっして並び立つことはない。

今朝、ひとりの老人が死んだ。

しかし、かれの生を見た者はいない。すくなくとも、アリーは見なかった。

（あの老人は、ずっと死んでいたのではないのか――）

それは疑念にも満たない、ただの妄想である。しかし、この死の世界の頂にこうしてたずんでいると、なぜかその可能性は無限に拡がっていくような気がした。
カーシムの穹廬のまえに佇立《ちょりつ》するシャムウーンの姿が、陽炎のなかにかすんで見える。
あの男は、生きているのだろうか。
そして、
わたしは本当に、生きているのだろうか。——
アリーは空を仰いだ。
すべての死の根源が、燦燦《さんさん》と燃えていた。

第四章　行者ホセイン

聞き手であるファリードは、あいかわらず真摯《しんし》な態度を守って、語り手の男の物語に耳をかたむけていた。

茶褐色の蠟燭から立ちのぼる煙は、天幕を透過するかすかな光を反射して、穹廬の空気を靄《もや》のように白濁させていた。

また、その煙は独特の匂いをただよわせていた。茶褐色の不純物は香の成分なのかもしれない。しかし、その匂いはあくまでも《独特》であって《芳しい》香りとはいえなかった。むしろ鼻腔を刺すような鋭さがかんじられる。

煙のおかげではっきりとはわからないが、燭台の皿の部分はすこし欠けているようだ。そのまわりには、書物でも焼いたのだろうか、黒い灰が散乱している。

語り手の男の語り口はあくまでも澱《よど》みなく、滔滔《とうとう》としていた。

しかし、ファリードは話を聴いているうちに、ひとつ気づいたことがあった。

それは、アリーと名乗る語り手の男の視線である。

一見、かれの瞳はうつろで、その視線もあてどなくただよっているだけのように見える。そしてそれが、かれの恬澹《てんたん》とした雰囲気を醸《かも》し出していたともいえよう。ところが、かれの視線の軌跡を注意深くたどると、非常に微妙であるが、どうやらゆるやかな楕円を描いていることに気づく。その奇妙な軌道はちょうど、旋回する小さな虫を追っているようである。

気づいたのは、それだけではない。語り手の視線が緩慢に中空に円を描くとき、ほんのわずかな一瞬ではあるが、語り手の目は、聞き手であるファリードを一瞥《いちべつ》するのである。

それは、虫が翅《はね》を顫《ふる》わせるほどの、ほんの一瞬にすぎない。話を聞きはじめたころには、まるで気づかなかった。語り手の男の態度は、聞き手であるファリードにまったく無関心であるかのように泰然としていたのである。ゆえにその一瞥に気づいたとき、ファリードは正直不気味なものをかんじた。聞き手としての立場からいえば、語り手に注意を払ってもらうに越したことはないのだが、その一瞥はとても素直に受け容れられるものではなかった。いうなれば、獲物《えもの》が罠にはまるのをうかがっているような視線である。

ファリードは、全身の筋肉がひそかに緊張していることに気づいた。

物語のほうは、まったく意外な方向へと展開をみせていた。──しかしどれが謎かというと、はっきりしない。胡乱《うろん》で、非常に曖昧模糊とした話である。

謎に充ちている。いったいこのさき、目当ての方向に話はすすむのだろうか──ファリードは話を聞くにつれ、ますます不安をつのらせていた。かれも聖者とよばれる人物に接するのは初めてではなかったし、スーフィーの話がなべて迂遠《うえん》で晦渋《かいじゅう》であることも知っている。しかし、いま語られている物語はいったいどこへ収束するのか、本当にかれの求めている話題に関わってくれるのか、まるで見当をつけさせてくれなかった。

（いまだに、《ウワイスィー》の一語も出ないとは……）

ファリードは正直、失望をおぼえはじめていた。しかし、ここまで来てあきらめるわけにもいかず、やはり語り手の話に耳をかたむけるほかなかった。

＊　＊　＊

アリーは自分の穹廬にもどった。

あらためて見ると、思いのほか、がらんとしている。

そんなことに、かれははじめて気づいたような気がした。

地面に無地の絨緞が敷かれてあって、奥に燭台がある。燭台には蠟燭が立っている。

(そう、この位置だ)

アリーは、カーシムの穹廬でかんじた違和感をあらためて確認した。

あの穹廬のなかには、方向をしめすものがなにひとつなかったのである。方向とはもちろん、ムスリム（イスラーム教徒）にとって必要にして欠かすべからざる儀礼である、礼拝《ナマーズ》の方向。

メッカの方角――《キブラ》である。

あの穹廬のなかには、キブラを指ししめすものがひとつとしてなかった。燭台も、穹廬の入口も、キブラとはまるでちがう方向をむいていた。

そもそも、ムスリムがキブラに無頓着《むとんちやく》になることは、まずありえない。礼拝所《モスク》にはかならずその内壁に、キブラをしめす壁龕《ミフラーブ》がしつらえてある。アリー自身、ここに穹廬を建てるとき、夜空を仰いでキブラを見さだめ、入口がその方角をむくようにした。燭台もその直線上に据えてある。

もちろんアリーのこの疑念は、単なる疑念にすぎない可能性もある。カーシムはなにかほかの手がかりをもって、キブラを見さだめていたのかもしれない。あるいはすでに、身体で覚えていたのかもしれない。なにしろかれは、ここで五十年間にもわたって修行生活をおくっていたのである。むしろ、そうした可能性のほうが高いともいえよう。

しかし、それでもアリーのなかで、その違和感が消えてなくなることはなかった。理屈で割りきれるようなものではないのである。

それはかれの心のなかで、燠《おき》のように燻《くす》ぶって、けっして絶えそうになかった。

そういえば、シャムウーンの様子も気になる。あの不可解な急変ぶりはいったい、なんだったのだろうか。

かれはアリーと二人で葬礼を執ることを頑迷に拒絶した。強引にアリーを追いたて、いまごろひとりで墓穴でも掘っているのかもしれない。この酷暑のなか、大変な作業だろう。なぜかれは、あそこまでかたくなな態度をとって、ひとりで葬礼をおこなおうとしたのだろうか。ひょっとすると、ここではそういう慣例なのかもしれない。――しかし、どこか釈然としない。

そもそもカーシムは、だれに殺されたのか。なぜ殺されたのか。

そして、それをなぜ導師ハラカーニーは知り、シャムウーンとアリーにだけ報《しら》せたのか。あるいは、なぜホセインは出てこなかったのか。――

疑問は泉のようにわき出るが、ただ自問をくりかえすばかりで、なんら答えのあたえられぬまま、頭のなかにうずたかくつもってゆく。

(訊かなければ――)

アリーは切実に、そうおもった。

訊く相手は決まっている。導師ハラカーニー以外にない。

しかしその確信は一方で、かれのこころを暗くした。

昨日のズィクルのなかで怒濤のごとく噴出した疑問の数数。あのとき、みつけた、とおもった。すべての疑問をぶつけるべき相手をみつけた、と。そして、それこそが恋しき人――神《アッラー》、なのだと。そして、その体験こそが第六階梯《神への絶対信頼《タワックル》》

――その神秘体験なのではないか、などという甘えた期待さえあった。

しかし、いまとなっては疑わしい。わたしがあのとき求めていた相手は、導師ハラカーニーではなかったのか。わたしが恋い焦がれていたのは、神の光でなく、師の影ではなかったか。その証拠に、あのとき一度口から離れた神の名を、二度と呼ぶことができなかったではないか。――

――それが、はじまりだ。

あのとき、導師はそういった。いったいなんのはじまりだったというのだろう。

結局、昨夜の導師との会話から得られた答えはほとんどなかったといってもよい。むしろ謎ばかりが増えた。まず導師ハラカーニーは三百年もまえに死んだ聖者アブー・ヤズィードに教えを承《う》けたなどといい、そして、

――スーフィーは創造されない。

この言葉である。

かつて聖者アブー・サイードは「悪とはなにか」と問われ、「汝が汝であることだ《トゥウィーエ・トゥ》」と答えたという。全存在である神――《我》にたいして

《汝》の存在を認めることは、《我》と《汝》の対立をもたらすことになり、神の唯一性をおびやかす二元論につながる。ゆえにスーフィーはこの《我と汝》という図式から己を脱却させ、《汝が汝である》ことを否定し、最終的には《汝》を《我》に転換させなければならない。――ハッラージの〝我は神なり〟は、まさにその境地を謳《うた》った言葉なのである。

ところが導師ハラカーニーの言葉は、こうしたスーフィズムの理論を真っ向から否定するものであった。さらにハッラージにいたっては、《受肉論者》であり《殉教者ではない》とまで断じてしまった。――

あるいは、これらの一見冒瀆《ぼうとく》的で、異端的でさえある言葉の数数も、じつはアリーの浅学がそう思わせるだけなのかもしれない。シャムウーンは導師ハラカーニーを評して、その言葉は深遠にして理解に難いといっていた。

そういえば導師ハラカーニー自身もいっていた。――「意味はすぐに剝落する」、また「言葉とは、騎士を失った空しい馬にすぎぬ」とも。

いや。ちがう。そうではない。

導師ハラカーニーは、言葉を用いない、といったのだ。

そう、だから問うた。――導師はなぜわたしに言葉で語りかけるのですか。

それにたいする導師の答えが、カーシムの死だったのだ。

……これでは堂堂廻りである。

かろうじて判ることといえば、これらの謎がすべて導師ハラカーニーに起因していること。そして、アリーのなかに、抑えがたい導師ハラカーニーへの冀求《ききゅう》が産まれ、燻ぶりはじめている、ということであった。

太陽が天穹の頂点にさしかかり、正午を報せた。しかし穹廬のなかは陽光がさえぎられ、うす暗い。

アリーは坐を組み、ズィクルをはじめることにした。ほかにどうしようもなかった。

ただ神の名を連唱することで獲得される昂揚感、法悦境――いまとなっては安直にさえ思われたが、すがるしかなかったのだ。それはもはやスーフィーとしてのようすが、というより、ムスリムとしてのようすがといってよかった。

アッラーの名だけが、イスラームの教えを伝え、ムスリムとしての己を証してくれる――アリーはそう信じた。裏をかえせば、そこまでかれは追いこまれ、解体されかかっていたのである。

かれは神の名を唱えた。ていねいに。ただ一心に。

＊

陽が沈む。

穹廬の幕を透ってわずかにこぼれていた光も、駆け足で失われてゆく。

アリーは燭台の蠟燭に火を点した。

赤い光が波紋のように同心円を描き、穹廬のなかを照らしてゆく。

蠟燭のほのかな炎は、この世界を燈すものではなく、この世界が闇につつまれていることを気づかせる存在にすぎない。スーフィーはよく蠟燭をイスラームの教えに譬《たと》える。

蠟燭を吹き消すがいい。夜はもう明けたのだ。

シーア宗祖アリー・ブン・アビー・ターレブの言葉である。

ゆく。

顕教《けんぎょう》としてのスンナ宗、あるいはシーア宗の伝道活動はいわば、蠟燭に火を点すようなものである。そうして生まれた光によって、暗澹《あんたん》とした世界をぼんやりと燈してゆく。

それにたいしてスーフィズムでは、スーフィーたちは自らの力で夜を越えようとする。――太陽が存ることは知っている。その名さえ伝えられている。ならば蠟燭のような小さく弱い光にたよる必要はない。夜を越え、太陽の光を浴びればいい。そしてひとたび太陽を見てしまえば、つまり夜が明けたなら、もう蠟燭の火に用はない――吹き消せばいい。

太陽とはもちろん、神《アツラー》のことである。

夜明けと太陽の顕現。――それはスーフィズムの《境地《ハール》》をたくみにとらえた比喩として、スーフィーたちに好んで用いられる。かれらは太陽の光を背にし、せかせかと蠟燭の火を点す者たち――スンナ宗徒、シーア宗徒――を嗤《わら》うのである。そして、スーフィーの奇蹟《カラーマ》を礼讃する。奇蹟とは夜を越える飛行。すなわち、光を恋う天への飛翔《ミーラージュ》である。

そもそも預言者ムハンマドも、夜を越えた。

まだイスラームが偶像崇拝者の苛烈《かれつ》な迫害をうけていた時代。ある真夜中のこと、神殿カーバで祈りをささげる預言者のまえに、大天使ジブリールが現れた。預言者はジブリールにいざなわれて、はるか七層の天を昇り、歴代の預言者らとともに、神の面前での礼拝をはたしたといわれる。

この伝説は《夜の旅《イスラー》》とよばれ、預言者ムハンマドの数ある奇蹟《ムウジザ》のひとつとされる。

夜は暗黒の象徴である。しかし同時にそれは、奇蹟を予感させる時間でもあり、夜空へのはばたきの瞬間でもあった。

アリーは神の名を唱えながら、この時間を待っていた。それは、奇蹟の待望ともいえた。

脆弱《ぜいじゃく》に仄《ほの》めく燈火に、かれは偉大なる奇蹟の再臨をねがう。

空に、時に、刻まれゆく神の名。――

アッラー、アッラー、アッラー、

アッラー、アッラー、アッラー、

アッラー、アッラー、アッラー、

やがて神名は、胸をうつ鼓動のように、正確に時を刻みはじめる。重ねられる時間は、いつしか夜明けを告げるのだろう。日は昇り、地は照らされてゆく――アリーはその当然の摂理を、清新な心もちで受け容れることができる気がした。

そのとき、かれの心のなかに、今朝みた外界の風景が鮮明によみがえってきた。灼《しゃく》熱《ねつ》の岩塊。曠野《こうや》。沙漠。それは死の世界。――そう、夜が明けたそのとき、そこにあったものは、

死だった。

夜が明けると、死ぬのだ。

アブー・ヤズィードも、ハッラージも、行者カーシムも、死んだのだ。

アリーは神の名を唱えることをやめた。闇に問うた。

死、とはなにか――？

闇のなかで、行き場を失ったすべての共鳴がかれの問いに収斂してゆく。

死、とはなにか？

死、とはなにか？

死、とはなにか？

「死、とはなにか——？」

「死は久遠《くおん》。裁定の日。至上の平安」

導師ハラカーニーの声が響いた。

「——そして、大いなる虚妄」

目のまえに、影がうかびあがっていた。

それは、まがうことなき師の影。

恋い焦がれていた師の姿であった。

＊

「……導師のお命じになったとおり、今朝わたしは行者カーシムの穹廬をたずねました」

坐を組んだまま、蠟燭の炎がゆらぐのをじっとながめながら、アリーは静かに話しはじめた。蠟燭のさきに帷幕があり、そこに影が映っている。

「……そこで、わたしは行者カーシムの遺体を拝しました」

答えはなかった。しかし、アリーは変わらぬ口調でつづけた。

「導師は、あれを答えとしておしめしになりました。……しかし、わたしにはわかりません。行者カーシムは、死んでいました。——つまり、かれの死こそが答えなのでしょうか？　死が虚妄とは、いったいどういう意味なのですか？」

「死は、いかなるものの答えでも、結果でもありえない——」

影の声が響いた。

「そして、死が虚妄であることは、おまえはもう知っているはずだ」

影はそう断定した。しかしアリーには当然、心あたりはない。死が偽りだというのなら、ひとは不死ということだろうか。しかし、行者カーシムはまちがいなく死んでいた。あれが死でなく、べつのものだったとしても、それは単なる言葉の置換にすぎないのではないか。——結局、かれには導師の答えがつかみきれなかった。

問うごとにこうした忸怩《じくじ》たる思いを味わわされると、問うこと自体がためらわれてくる。訊きたいことは山とあるのに、安直に訊けない気分にさせられるのだ。いつのまにか、まるで言葉の通じぬ異国に来たように、訊く内容よりも、己の理解できうる問いを考えてしまっている。

（無駄だ――）

かれは思いなおした。師のまえで小細工を弄《ろう》してはいけない。己の能力で師への問いを付《はか》ってはいけない。理解できなくとも、訊きたい問いをぶつけなければならない。

「なぜ導師は、行者カーシムの死をご存じだったのですか？」

かれは直截《ちょくせつ》に問うた。しかしそれにたいする答えは、冷酷なほどに短かった。

「つまらない問いだ」

そういってアリーの問いを一蹴した。

かれは再度直截に、しかし声を抑えて、問うた。

「導師が殺したからではないのですか？」

その瞬間、沈黙が鑿《うが》たれた。

いやな沈黙である。かれは身体中をめぐる血流の音さえ聴き採れる気がした。鼓動が烈しく胸をたたく。

汗が、額を流れ、頬を伝い、顎のさきから零《お》ちた。

「つまらない問いだ」

再度冷酷な響きが、かれの問いを斬り捨てた。

「しかし」アリーは食いさがった。「——しかし、行者カーシムが何者かに殺されたこと、これだけはたしかなんです」

「死ぬこと、と、殺されること、にどのようなちがいがある？」

影——ハラカーニーは逆に訊いた。

それは、——とアリーが答えに窮しているあいだに、容赦なくつぎの問いが飛んできた。

「創造すること、と、創造されること、にどのようなちがいがある？」

アリーははっとして、頭をもたげた。

——スーフィーは創造されない。

それは片時と忘れることのできなかった導師の言葉である。

影はつづけた。

「——人は主のまえでは、ぬかずくだけの奴隷にすぎん。生も死も神の手にあり、人知のおよぶところではない。……よいか、久遠《くおん》は人の得られるものではない、享《う》けるものだ。人は裁定するものでも平安を得るものでもない、裁定され、平安を賦《ふ》されるものだ。おまえの言葉で語れば、すべての人は神に殺されるのだ。そしておまえはそれを、死、というのだ。だからそれは虚妄だ」

「虚妄、ですか……」

「凡百の行者のなかには、預言者ムハンマドの《天命《カダル》》の教えを曲解し、虚無的な宿命論を説く愚か者がある。生も死も神の手にあるのなら、生きる価値とはなにか、生きる意味などあるのか、などと苦悩する愚昧《ぐまい》――」

「愚昧、なのですか?」

「唾棄《だき》すべき愚昧だ」影はきびしい調子でいった。「生と死は神の手にあるにもかかわらず、自らの定めし生と死という言葉に懊悩《おうのう》する愚昧。魯《おろ》かなるかな。言葉を識《し》るがゆえに、言葉を得て満ちたりる人の無知よ」

アリーはおぼろげながらも、導師のいわんとしていることが理解できる気がした。

生と死。――それを《生と死》という言葉で思考した時点ですでに、それは人が恣《し》意《い》的に《造った》――つまり贋造《がんぞう》したものにすぎなくなる。「死とはなにか?」と問いかけたとき、問うていたのは本当に死そのものであったのだろうか、それとも《死という言葉》ではなかったのか。思索が言葉遊びに、伝承が伝言遊びに堕落したとき、あつかわれる《真実》はまぎれもなく贋物であり、思索者と伝承者は贋造者に零落する。——それに気づかず、真実の名を戴き、贋造をつづけることは、あきらかに造物主の領域を侵す瀆聖行為である。

　ゆえに、《造った》ものは、

「虚妄にすぎない——」

　アリーはぽつりといった。ハラカーニーはその言葉をついで、

「言葉とは、人が惑わぬようにと神のあたえた慈悲。それで神の掌を揣《はか》ろうとは傲岸《ごうがん》甚だしい。世の行者は、顕現なるものを去るといっては言葉に依頼し、自我消融《ファナー》と叫んでは言葉に自我《アナー》をゆだねる」

　辛辣な言葉である。スーフィーはとくに言葉を重んじるが、いまの言葉はそれを全否定するものである。——しかし師の言葉は同時に、致命的な矛盾をはらんでいる。

「しかし導師も言葉を用いて、わたしに語りかけているではないですか」

　と、アリーは問うた。

「くりかえすが、わたしは言葉など用いない」

　導師はそう答えた。

「そう——」アリーはたまりかねて叫んだ。「昨夜も導師は、そうおっしゃいました。しかし、わたしには導師の教えを、言葉としてしか捉えられないのです。——言

葉にしか、聴こえない！」

「そうだ」

影は、やさしい響きでいった。

「――それが答えだ」

＊

アリーは全身の力がぬけていくような気がした。

「答え、とは……」

愕然としたなかで、かろうじて絞り出したような問いだった。

影――ハラカーニーは、答えは答えだ、といった。

「おまえはいつか、預言者ムハンマドですら言葉を用いたではないか、と問うたことがあったな。その答えもおなじだ」

アリーは不思議な気がした。たしかにそんな疑問をもったおぼえはある。しかし、それを導師に問うたことがあったろうか。

「……それは、人びとが預言者の教えを言葉としてしか捉えられなかった、ということですか？」

と、アリーはおずおずと尋ねてみた。しかし答えはなかった。

沈黙は夜の暗黒をいっそう黒く塗りこめる。アリーは目のまえの蠟燭の炎を見つめながら、じっと声を待った。

ようやく、声が響いた。

「――おまえは、鷲の巣《アラムート》のニザーリーを識《し》っているか？」

驚いた。唐突な問いである。

アリーはこくりとうなずいた。識らぬはずがない。

シーア宗ニザール派。――のちに暗殺教団とまでよばれたこの教派も、もとはシーア宗イスマーイール派の一分派である。シーア宗が教皇《カリフ》の正統性をめぐってスンナ宗から分裂したことは前述したが、そのシーア宗のなかの分派は、指導者《イマーム》の正統性をめぐって発生した。

シーア宗のイマームは、預言者ムハンマドの従弟《じゅうてい》で女婿《じょせい》のアリー・ブン・アビー・ターレブを祖とし、代代その血を承ける者が位《イマーマ》に就いてきた。

しかし、このイマームの血は十二代で途絶えることになる。

第十二代イマームであるムハンマド・モンタゼルが、神隠れとなったのである。この神隠れはガイバとよばれる。ガイバの状態にあるムハンマド・モンタゼルは、この世界に悪がはびこったときに、救世主マフディーとして再臨すると信じられていた。――これこそシーア宗徒の信仰の大きな支えとなっている、マフディー信仰である。

ところで、第六代イマームのジャファル・サーデクの後を継いだのは、その息子ムーサー・カーゼムであるが、じつはかれにはイスマーイールという兄がいた。もともとはこのイスマーイールが次期イマームとされていたのだが、廃嫡《はいちゃく》されたあげく夭死《ようし》してしまったのである。そこでシーア宗徒のなかに、イスマーイールこそが真の第七代イマームであり、かれは死んだのではなく、ガイバ――神隠れしたのだと主張する者たちが現れた。かれらこそがイスマーイール派であり、イマーム位が七代で途絶えたとみなしたことから、七イマーム派などともよばれる。

ニザール派は、このイスマーイール派からのさらなる分派であった。

ニザール派の名を世に轟かせた人物が、ニザール派の開祖であり、のちに《山の長老》などとよばれた、ハサン・サッバーフである。

かれはもともとイスマーイール派を国教とするエジプトのファーティマ朝宮廷に仕えていたが、のちにイラン北部の要害アラムート山寨《さんさい》を占拠し、ニザール派教団を創設した。ニザール派の名は、ハサン・サッバーフがファーティマ朝の後継者争いで敗死したニザールという王子を支持していたことに由来する。

そして、このハサン・サッバーフ率いるニザール派教団は、その恐るべき戦術で、ときのセルジューク王朝を震撼させる。それは、――


「ハシーシーユーン、ですね」

アリーはささやくようにいった。


圧倒的なセルジューク王国にたいして、ハサン・サッバーフがとった戦術。

それは暗殺であった。

かれは門徒たちに異端――すなわちスンナ宗であるセルジューク朝要人――の暗殺を命じ、成功のあかつきには天国での生活が約束されると説いた。これはイスラームの聖戦《ジハード》の教えに准じたものであった。

この戦術は目をみはる成果をあげ、かの大宰相《ワズイール》ニザーム・アルムルクもその凶刃に斃《たお》れた。

噂によると、ハサン・サッバーフは刺客たちに大麻《ハシーシュ》をあたえていたという。その幻覚作用によって楽園を幻想させ、洗脳をほどこし、凶行にむかわせたというのだ。ハシーシーユーン《大麻を喫《す》う者》とは、そんな噂から生まれたニザール派にたいする蔑称である。

アラムート山寨のニザール派教団は過去の歴史ではない。ハサン・サッバーフが死んでからすでに数十年たつが、いまだアラムートは健在である。最近では第三代教主があたらしく位に就いたなどという話も聞いた。——むしろ、急速に翳《かげ》りをみせるセルジューク朝にたいして、かの暗殺教団はますますの隆盛をほこっているといってもよい。いくら世俗世界を離れてしばらくたつアリーとはいえ、泣く児もだまるニザール派の名を識らぬはずがなかった。

それよりもアリーは、導師ハラカーニーの問いの真意をはかりかねた。あからさまに脈絡から外れた問いだったからである。

そこでかれは、ニザーリーがどうしたのですか——と尋ねてみた。

影——ハラカーニーはいった。

「かのニザーリーの教主《ダーイー》は、その門弟に大麻《ハシーシュ》をあたえ、昇天を約束した。かれの約束した楽園は、はたして真の楽園であったろうか」

「それはちがいます」

アリーは断言できた。

「——ハサン・サッバーフは裁定者ではありません。一介のムスリムにすぎない。しかも、その信仰は異端です。かれが昇天を約束できるはずがありません。すべての裁定は神の手にある。——それに、ニザーリーの戦いが聖戦《ジハード》だともおもえません」

「たしかに裁定は神の手になるものだ。しかし、聖者ならば調停はできる」

「ハサン・サッバーフが聖者だというのですか。あれは異端です」

「つまり——」師は諭すような声でいった。——「そういう問題ではないのだ。かの教主が異端であろうが調停者であろうが、どうでもいいことだ。我が問いは、かれの説く楽園は真の楽園であったか、ということだ」

「……それは、ちがうでしょう」

おなじ答えだが、語勢はずっと落ちていた。

たしかにイスラームの教えでは、異教世界《ダール・アルハルブ》への聖戦で戦死した者に、殉教者として楽園が約束される。しかし、ニザール派の戦争は聖戦ではない。ゆえに約束される楽園も偽りである。――アリーがそのむねを話すと、影は暗闇に、ふふふ、と哂《わら》った。

「ニザーリーにしてみれば、セルジューク王こそまがうことなき異端ではないのかな。……まあいい。肝腎なことは、おそらくかの信徒どもは、かの教主の言葉だけの楽園を、真の楽園と信じざるをえなかった、ということだ」

おぼろげに映る影の声は、いやにはっきりと響いた。

「なぜなら、かの教主の語る楽園は、書《コーラン》に語られる楽園そのものであったにちがいない。それをどうして疑えよう。――まして、信徒どもは大麻《ハシーシュ》の煙を嗅がされて、夢と現《うつつ》の区別もつかぬ有様……」

「しかし、それはあくまでも幻想にすぎないではありませんか」

「そうだ。しかし信徒どもには識別できぬ。かれらにとっては誤っていないからだ」

「いったい――」

いったい、導師はなにをいわんとしているのだろうか。区別のできようができまいが、真の神が唯一であるように、真の楽園もまた唯一のはずである。ならば幻想の楽

園など、必然的に斥《しりぞ》けられるべき、

――虚妄にすぎない。

アリーの心中に、閃くものがあった。

「言葉――ですか？」

おもわず口からこぼしたように、かれはいった。

ハラカーニーはふん、と鼻を鳴らした。

「言葉というものはつねに、それを発現するものに属するのだ。それは預言者ムハンマドの伝えし聖句においてさえも免れえない――」

師の語気は不意に強さを増した。

「――よいか、書《コーラン》は神の言葉を伝えるものではない。それは神の真なる教えの道標にすぎず、聖句とは神秘道《タリーカ》を除道するものにすぎない」

「しかし」

「まず、すべてを疑い、そして斥けよ――」

「しかし、」

「先師どもの言葉を斥けよ。聖句を斥けよ。書を斥けよ」

「しかし、――」

アリーは叫ぶように声をあげた。

「――それでは、いったいなにを信じればいいのですか。なににすがり、なにを目指せばいいというのですか」

その答えは、きわめて短いものだった。

「神《アッラー》だ」

かくして導師の教えは、《一》に収斂した。

＊

坐を組むアリーのまえで、蠟燭の炎が火勢をあげて燃えている。瞼を伝う汗を認めて、かれは全身の筋肉が異様に硬直していることに気づいた。緊張のせいだろうか、それとも畏怖のせいだろうか、全身に過剰な力をみなぎらせていたのだ。かれはひそかに、ゆっくりと息を吐きながら、身体を弛緩させようとつとめた。

　そのあいだも、影の饒舌《じょうぜつ》はつづいていた。

「凡庸な行者どもはすぐに自我消融《ファナー》だ、天界飛行《ミーラージュ》だと言葉をならべたてる。しかし、かれらの到達できる楽園と、ニザーリーの刺客どもにあたえられる楽園とに、どれほどの差異があろうか。――すべては虚妄だ。大麻のみせる幻想の楽園となんら渝《か》わりない」

　アリーは目を瞑《と》じ、すう、と脱力した身体に息を吸いこんだ。

「わかりました――」

　かれはようやく領解した。

「それは結局、行者カーシムの死のことですね。いや、むしろ、死そのもののことでしょうか」

「そうだ」

　あくまでも抑揚のない響きで導師はいった。

「おまえの認識していた死は、言葉で形づくられた死にすぎなかった。その死をとりあげて、実際の死を議《はか》っても詮《せん》ないことだ。そこからはなんの答えも得られなければ、なんの結果ももたらすはずがない」

　しかし、まだ疑問は残る。たしか行者カーシムの死は《答え》としてしめされたはずだ——アリーが、その何度目かになる問いを口にしようとしたとき、ハラカーニーはそれを制するように話をついだ。

「——おまえは《カーシムの死》、というものの意味を考えた。たまたまそれが殺された屍体であったがため、だれが殺したのか、その目的はなにか、なにを意味するのか——すべて瑣末なことだが、そんなことに目がいった。……だが一方でおまえは、カーシムの生そのものを疑ったであろう？」

それは、そのとおりだった。

二年ほどまえからここにいるシャムウーンですら、その生前の姿を見たことはなかったという。

行者カーシムは、ずっと死んだままだったのではないか。——ありそうにもないことだが、たしかにアリーはそんなことを考えた。

「もし答えを求めるというのなら、それが答えの一片、あるいは種子《しゅし》といえよう」

影——ハラカーニーはそういった。

「……ということは」アリーはあわてた口調でいった。「——行者カーシムは本当に生きてはいなかったのですか？　ずっと死んでいたのですか？」

「つまらない問いだ」

ハラカーニーは容赦なく斬り捨てた。アリー自身も口に出してから、己の問いの愚かさに気づいた。

「死は象徴にすぎぬ。ある者はそれを裁定の日といい、昇天といい、永遠のはじまりという。――そのすべてが正しい。しかしすべて誤っている。死とは象徴。――象徴とはすなわち、忌《い》むべき偶像《ぐうぞう》」

「偶像……」アリーは絶句した。

「言葉を操るものはすべて偽りの預言者であり、冒瀆者であり、偶像崇拝者だ」ハラカーニーの声は止まらない。――「聖者の言葉だ、預言者の言葉だ、真理の言葉だと騙《かた》り、己自身の言葉を語る。そんな言葉に――偶像にかしずく魯《おろ》かさよ。偶像の死に慟哭《どうこく》し、己の軀を傷める魯かさよ。至上にして唯一なる神のましますことを識りながら、偶像を拝する魯かさに気づかぬ魯かさよ」


かつて預言者ムハンマドが聖戦を勝ちぬき、聖地メッカへ入城をはたしたとき、なによりも最初におこなったのが、神殿カーバにあった三百六十体にもおよぶ偶像の破壊であった。かれは弓で偶像の邪眼《ジャーヒリーヤ》を打ったあと、徹底的に粉砕して、うち棄ててしまった。それは、先イスラーム時代に蔓延《まんえん》していた偶像信仰をきびしく誡める、高らかな宣言でもあった。

最後の預言者は、アッラーに対峙するいかな存在も許さなかったのである。

――すべての偶像は消えねばならぬ。

そんな声が聴こえた。耳にではない、身体に響いた。

導師の声だろうか。しかし、いままでの師の声とはすこしちがうような気がした。

――虚言を重ねる偽りの聖者は消えねばならぬ。

――神を措いて血統を戴く者は消えねばならぬ。

――偽りの神と理を拝する者は消えねばならぬ。

声だ。まるで、臓腑から響くような声だ。

それは、身体の中枢をねじあげるように、低く重く、共鳴した。

――偶像にぬかずくものは、死なねばならぬ。

だれだ。
だれの声だ。——
この、己の内側から響く声は、だれの声だ。——

蛾。

どこからさまよい入ったか、掌ほどの、蛾が、
目のまえの暗黒を、弱弱しくはばたき、
はばたいた、そのさきには、
蠟燭の、火が、
火が、

蛾は、
掌ほどの、蛾は、
その火に誘われるように、導かれ、

火は、蛾を呑みこむように、のびあがって、
蛾は、その身を、その翅を、焦がし、炎に灼いた。

「蛾は——」

沈黙を破る導師の声に、アリーは我にかえった。

「——蛾は、夜に燈火をみると、燈火を暗黒世界から光明世界への出口と考え、光を慕って、己の軀を火中に投じる」

炎に灼かれた蛾は、身もだえるように、その翅をはためかせている。

「しかし、火を飛びこえ、ふたたび暗黒を目にして、蛾は気づく。——ああ、我は出口に正しく至れなかったのだ、と——」

蛾の小さな身体にさえぎられた炎は、穹廬の暗黒のなかで明滅する。

「蛾はふたたび、出口を求めて火中に身を投じる。再度炎を出て、炎に入って、また出ては、入る。それをくりかえすうちに、蛾はついに、その軀を灼き尽くす――」

炎のなかで、なにかが爆《は》ぜる。それは、鱗粉のようであった。

「魯かなり――」

ハラカーニーの影がゆらぐ。

「――と、嗤えようか。火蛾の無知を、人は嗤えようか――」

鱗粉は、火の粉となって、暗闇を舞った。

「嗤えまい」

蛾を灼く炎が、烈しく明滅する。

「――偶像を崇《あが》め、虚言を戴き、それに惑溺《わくでき》したまま、真理を知ることなく、無間《むげん》の業火に身を灼く者に、蛾を嗤えまい。
ああ、――せめて人に救いを。蛾でさえ、その身を灼かれ、朽ちて、死にはてて、
刹那にその業苦から救われるものを」

アリーの顔に、鱗粉の火の粉がふりかかる。

我もまた、せっかく腰帯をつかみ
汝らが火中に落ちぬよう努めるものを
汝らは蛾のように、我先に火中へ飛び込んでゆく

……ああ、それは、預言者ムハンマドが遺《のこ》した言葉《ハディース》――アリーの脳裡に、その聖句は烙印《らくいん》のようにくっきりと鑿《うが》たれた。

導師ハラカーニーの影は、まるで水に映る影のように、ゆらゆらと頼りなげに仄めいていた。

しかしその影は、精密な口調でいった。――

「燈火の光は《真理の知識《イルム・アルハキーカ》》、その熱は《真理の真理性《ハキーカ・アルハキーカ》》、燈火への到達は《真理そのもの《ハック・アルハキーカ》》。――

蛾は燈火の光や熱に満ち足りず、その身を火中に投じる。蛾の朋輩どもは、かれがその目したところを伝えてくれるのを待っている。――

だがそのとき、蛾はすでに無化し、還元され、滅却し、いかなる跡も軀も名も徴《しるし》もなきものへと化していた。究極へと到達した蛾に、いかなる意味があって、いかなる姿で、朋輩どものもとへと帰る必要があっただろう――」

アリーは、気づいた。

これは、『タワースィーンの書』ではないか。――

導師の誦じたのは、ハッラージの『タワースィーンの書』のなかにある有名な一節。真理の光を求めるスーフィーの姿を、火の光に誘われる蛾に見立てたものである。

たしか、その締めの句は。――

一度目睹《もくと》したものにとり伝聞はもはや不要であり、目睹されるべきものに到達したものにとって目睹は不要である——。

《目睹されるべきもの》とは、唯一なる神にほかならない。

いったん神に到達した者にとって、伝言も目睹も、目も口も耳も軀も、もはや不要。——ハッラージはたしかに、そういっている。

あとは、融ければいい。——

ハッラージ自身、燃えたではないか。——

〝我は神なり《アナー・アル・ハック》〟、受肉論者、冒瀆者、瀆神の罪、火刑。——すべて、すべてどうでもいいことだ。かれはもう燃えて、灰になったのだから。

紅蓮の火焔のなかに、溶融してしまったのだから。——

——ハッラージは、殉教者ではない。

いつかの師の言葉が、アリーのなかで瞬いた。

——解るまい、解るまい、その至上の境地《ハール》。

アリーは、身体を顫わせながら、叫んだ。

「師よ、ハッラージは、」

その息で、炎がゆらぐ。

つづく言葉をさえぎるように、ハラカーニーの声が響いた。

「おまえの求める真理は――」

師の影がゆらぎ、

「朝、おとずれる――」

火は消えた。


アリーの目のまえにあった時間は、朝だった。

かれはしばらく坐したまま、惚《ほう》けたように天幕からこぼれる朝の光を、その身に浴していた。

やがて半眼のまま、のっそりと立ちあがった。暫時《ざんじ》その場で立ちつくしながら、全身に血が通うのを待つように茫然としていたが、ようやく、なにか覚悟をきめたかのように、両目をかっと見瞠《みひら》いた。

真理は、朝にある。――その意味はもはや自明である。

アリーは紐をほどき、朝の光を穹廬の奥まで招きいれるように、勢いよく帷幕を開いた。

目のまえに、あの外の世界が拡がる。——

そこには、行者ホセインの死があるにちがいなかった。

第五章　聖者ウワイス

聞き手ファリードは、アリーと名乗る語り手の目線の動きをひそかに追ってみた。その軌道は基本的に楕円である。だが、眼球自体の軌道半径はごく小さい。動きが緩慢でなければ、黒眼が震動しているようにしか見えなかっただろう。

視線は穹廬の上から下、左から右をなめるように旋回する。そして、その軌道上に――その視線のさきに一瞬だが、聞き手であるファリードがかすめとられる。それはまるで客を拾う巡回船のように、かれの姿をいちいち拾いあげている、といったかんじなのである。

あるいは逆に、その刹那の一瞥によって、語り手の男はファリードにたいして、なにかを送っているのかもしれない。

(邪視――)

いやな予感が頭をかすめた。ファリードはすぐに視線の追跡をやめた。

邪視、または邪眼の持主はその眼力によって、見る者を魔道にひきずりこむといわれている。いわゆる魔術師である。預言者ムハンマド以前——すなわち先イスラーム時代《ジャーヒリーヤ》よりつづく、闇の技術であった。

この男は邪視使いなのだろうか。そういえばファリードは、この男の素性《すじょう》についてなにも識らされていない。ファリードは噂を聞きつけ、ここを訪れたのだが、その時点で男にかんする予備知識はまったくなかった。聞いていたのは、かれの法統だけである。

ファリードが自らの身分とここへ来た事情を告げると、男は家名も族名もなく、ただ「アリー」とだけ名乗った。そしてすぐに、ファリードが話を請うのも待たずに、長長とさきの見えぬ話をはじめ、いまに至っている。物語のなかに登場する主人公アリーと同一人物なのかも、いまだもって不明である。

そもそも、ファリードははっきりとした目的をもってここを訪れたのである。またそれを、はじめに男にも告げていた。

しかし、かれの話のなかにその話題はまったく出てこなかった。

肝腎《かんじん》の聖者《ウワイス》の名さえ出てこない。

蠟燭から噴き出る白い煙が、狭い穹廬のなかに立ちこめていた。

まるで燻煙《くんえん》である。

話がおぼろであれば、目のまえの景色もおぼろになってきた。

白い霞《かすみ》の奥で、語り手の男は依然流麗で恬澹《てんたん》とした口調をたもちながら、物語をつづけている。煙は独特の香りをともなって、聞き手であるファリードの身体に浸蝕をはじめる。

（これでは、まるで幻術だ……）

語り手の傍らには、黒い灰の塊《かたまり》がみえる。書物が焼かれた灰のようだ。

煤《すす》けた紙面に、かろうじて字句が読める。あれは、コーランだろうか、『タワースィーンの書』だろうか、それとも。……

よく見ると、一冊だけ、焼けずに残っている書物がある。表紙がめくれて、その書名はわからない。

語り手の男は、やはり恬然と話をつづけていた。

＊　＊　＊

太陽と朝《あした》の輝きにかけて、
その後に続《つ》ぐ月にかけて、
明るみに出す真昼にかけて、
包み隠す夜にかけて、
大空とそれをうち建て給うた者にかけて、
大地とそれをうち拡げ給うた者にかけて、
魂にかけて、またそれを造り上げ、
悪徳と畏懼《いく》の念を教え給うた者にかけて。

――コーラン第九十一章

＊

穹廬の外に歩み出たアリーを待っていたのは、燎原《りょうげん》の火のごとく熱烈な朝の光であった。真っ白な光にだんだんと目がなれるにしたがって、霧が晴れるように、外の世界はその像をくっきりと顕していった。昨日と変わらぬ——そして、永遠に変わらぬであろう死の世界。

もはや、探すまでもなかった。

三つあった穹廬は二つに減っていた。手前がシャムウーンのものであることは、すでに識っている。

もうひとつの穹廬には、あきらかな異状があった。

穹廬の上に、異物が載っているのである。

けれども、アリーは急がなかった。一歩一歩、燥《かわ》いた地を踏みにじるように、ゆったりと歩いた。穹廬の上に載る異物は、近づくにつれ、その姿をあらわにしてゆく。

アリーは目当ての穹廬のまえに至ると、仰ぐようにその上を見あげた。

そこには、あたりまえのように屍体があった。

奇妙な風景である。穹廬の天蓋の上に大の字で、仰向けに寝るようにして、男は死んでいた。

アリーはしばらくそれを、凝然《ぎょうぜん》とみつめていた。

穹廬の上に死ぬ初老の男は、おそらくアリーの父親ほどの年齢で、細長い輪郭に痩せこけた頬、落ちくぼんだ眼窩《がんか》——その表情はすっかり憔悴《しょうすい》している。髪や髭にところどころまじる白い毛が、その年齢をおもわせる。カーシムのときとはちがって、両目は安らかに瞑《と》じられていた。

首の左側がかっ切られて、頸動脈から流れでた多量の血が傷口周辺に真紅のしみをうかびあがらせていた。さらに、そこからこぼれた血が天蓋の白布に沁みこんで、真っ赤に染めあげていた。血はすでに凝固している。

ほどけたターバンの黒布が頭から垂れさがっていて、よくみると地面には帽子がころがっていた。おそらく、屍体を載せるときに落ちたのだろう。まちがいなく他殺体である。そう。——

行者ホセインは、殺されていた。

しかし、アリーに驚きはなかった。それは、十分に予期していたことであった。むしろ、知っていた、というほうが正しいのかもしれない。

かれは無感動にホセインの死を仰いだ。

穹廬の上に載せられた屍体。それはさながら、天にささげられた供物《くもつ》のようであった。

＊

なんの気なしに、アリーは天蓋からほうり出された屍体の左脚に手をかけた。屍体をささえる穹廬の骨組が、ぎいい、と唸った。

ホセインの身体は行者の例にもれず痩せ細っていたが、それでもこの大きさの穹廬の上に載せるには無理があった。なぜ、このように無意味で労力のかかることをしたのだろう。――

背後に、ひとの気配をかんじた。

ふりかえるとそこには、気のぬけたように立ちつくすシャムウーンの姿があった。かれの視線はまっすぐ、行者の屍体にそそがれている。

その姿にアリーは、なにか不自然な印象をもった。そういえば、屍体といえばたいてい、地面に臥《ね》ているものである。のぞきこむことはあっても、仰ぎ見るようなことはめったにない。

上目づかいに仰ぐシャムウーンの姿は、どこか聖遺物を拝する神官をおもわせた。すくなくとも、屍体を見るそれではなかった。

しばらく、凍ったような時間がながれた。

二人はともに身じろぎひとつしなかった。供物のまえで、まるでなにかを待つように、たたずんでいた。

やがてシャムウーンは、屍体にそそいでいた視線を、ゆっくりとだが下に降ろしはじめた。そのさきには、ふりかえったままかれと相対していたアリーの姿があった。かれはその視界にアリーを捉えると、まるではじめてその存在に気づいたかのように、驚いたそぶりで目を瞬かせた。

そして、その瞳に、疑心の色をうかべた。

アリーには、その理由がはっきりわかった。シャムウーンはきっと、この殺人がアリーによるものと考えているにちがいない。シャムウーンは、導師ハラカーニーにたいして全幅の信頼をおいている。導師が殺したなどとは絶対に考えられないだろう。するともし、かれ自身が殺したのでないなら、犯人は必然的にアリーということになる。――おそらくそれが、アリーにむけられた疑心の正体であろう。

しかしその発想は、そっくりアリーにも置き換えられた。アリーにしてみれば、シャムウーンこそ疑わしい。ただアリーの場合、導師ハラカーニーの可能性をシャムウーンほど決然とは斬り捨てられなかった。むしろ、後者の可能性のほうがより濃厚で、そして理解しやすい気さえしていた。

シャムウーンは妄想を深めていったのか、その様子はより深刻なものとなっていた。その表情には怯怕《きょうは》と警戒がにじみでており、かれのまなざしはまるで、おびえた犬のようであった。

アリーがその冷厳な眼光をかれにむけると、たちまち、そのおびえた視線と交錯した。アリーは動じず、目線をまっすぐかれに据えた。するとかれは、あわててその目線をそらした。

臆した態度である。アリーはひそかにため息をつくと、シャムウーンに背をむけた。ホセインの屍体が載る穹廬に一歩すすんで、その帷幕に手をかけると、一息にまくりあげた。今度は内側から紐で閉じられていることもなく、あっさりと開かれた。

ホセインの穹廬も、亡きカーシムやアリーのものとちがいはない。例の山羊の毛布でできた白い穹廬である。

ただ、一歩なかに足を踏みいれて、奥にあった燭台をみつけると、アリーは内心ほっとした。その燭台は正しくメッカの方角《キブラ》にあった。

天幕で覆われた穹廬のなかは、ただでさえうす暗いものだったが、上に載った屍体のために天からの陽光がさらにさえぎられて、夕闇のような暗さだった。アリーは入口の帷幕を内側からまくりあげて、骨組に紐でむすびつけ、開放状態にした。もちろん光を確保するためである。

地面には黒い絨緞が敷かれ、その上には、生前そこに坐して礼拝をおこなっていたであろう、両手幅ほどの絨緞がもう一枚敷かれている。上に敷かれたほうの絨緞は、下に敷かれたものよりひとまわり以上小さいものだったが、スーフィーの持ち物としてはめずらしく模様入りである。七つの枝をもつ大樹を真ん中に配し、その枝には三羽の鳥が織りこまれている。そして樹の上には、アーチ状のミフラーブ紋が描かれていた。

ミフラーブ紋とは礼拝用の絨緞に特有の紋様で、ふつうこれがキブラにむくように絨緞を敷いて、礼拝をおこなうのである。だからこの絨緞のミフラーブ紋も当然、キブラにむいていなければならない。

ところが、このミフラーブ紋は、キブラとは正反対の方角をむいていた。

絨緞は長方形で、短辺のほうが燭台に面しており――すなわち長辺がキブラの直線上に平行している――、このミフラーブ紋にしたがえば、聖地メッカにたいして、ちょうど尻をむけて礼拝することになる。燭台がキブラにあるだけに、この齟齬《そご》はどうにも不自然におもえる。

よくみると、ちょうどミフラーブ紋の上に、不似合いな紅《あか》い斑点が数点あった。

血だ。

行者ホセインの血にまちがいなかろう。ホセインは、この上で殺されたのかもしれない。アリーは穹廬のなかを見まわし、ひざまずいて絨緞の上を入念に調べた。しかし、ほかに血痕は見つからなかった。頸動脈をかっ切ったわりには、敷物にだけしか血が飛び散らなかったというのも奇妙な話である。寝ているところを切りつけられたのだろうか。

（そういえば――）

アリーはおもわず見あげた。白布を透《とお》るほのかな光が、五体の影を天幕ににじませていた。――だらりと垂れた四肢。虚空《こくう》にひらかれた胴体。そのさきに、瞑した行者の頭がぶらさがっている。

（首だ――）

頭のなかを紅色が波紋のようにひろがった。

それは鮮血の紅。血色。——

たしか、屍体の首の左半分が、紅に染まっていた。

しかも、それは流線ではなかった。血が汪溢《おういつ》して、できた赤斑。なにか布のようなもので抑えたがために、顕《あらわ》れた模様にちがいなかった。

切りつけられた瞬間に、ホセインが自らの手で首を抑えたのだろうか。

咄嗟《とつさ》のこととして、ありえない話ではない。しかし、すくなくともかれの両手はまったくよごれていなかった。

あるいは犯人が溢《あふ》れでる血をぬぐったのかもしれない。その理由は想像しにくいが、屍体を運びだすときに手がよごれるのを嫌ったためだろうか。

(いや——)

ちがう。血痕は、下に敷かれた絨緞以外になかった。血は飛び散らなかったのだ。

つまりあれは、血が飛び散らないように布かなにかをあてがった跡にちがいない。

犯人は、布をあてがいながら切りつけたのだ。

ならば、絨緞にだけ血痕があった理由は? ——それも明白だ。屍体はおそらく、絨緞に載せられて外に運ばれたにちがいない。あの血痕は血飛沫《ちしぶき》ではない、血がこぼれ落ちてできた痕である。

犯人は、寝ていたか坐していたかのホセインにたいして、背後から、片手に短刀、もう一方の手に布らしきものをもって、切りつけたのだ。――

その際、すばやく布らしきものを傷にあてがって、噴血が飛び散るのを抑えたのだろう。その布らしきものは大量の血を吸って、真っ赤に染めあげられたにちがいない。ホセインの首に刻まれた傷は、浅く、鋭く、そして精確に頸動脈を切断していた。おそらく切った瞬間、いきおいよく出血して、ホセインはうめき声も出せずに失神してしまったにちがいない。

その殺害方法に、殺人者にありがちな短絡《たんらく》的な昂奮はみられない。そこには、冷徹な意志が横たわっている。

犯人にあったのは嗜虐《しぎゃく》性ではない。あるのは、まがうことなき《慈悲》だった。

慈悲――そう、あの頸動脈の切りかたはまさに、供犠の法である。

行者ホセインは、屠《ほふ》られ、供物としてささげられたのだ。

――死とは象徴。

導師ハラカーニーの言葉が頭に響いた。

――象徴とはすなわち、忌むべき偶像。

（そうだ、あの姿——）

穹廬の上に載せられた行者ホセインの屍をみたとき、アリーは直観したのだ。

これは、偶像だ——と。

アリーはまじまじと天蓋をみつめた。偶像の頂を飾る屍体は、その役割を忠実にはたすように、もはやただの肉塊と化して影を映していた。

穹廬のなかにたたずむアリーは、さしずめ偶像の母胎にいる胎児であった。

＊

しばらくのあいだアリーは、なにかに憑かれたように一点をみつめたまま、動かなかった。身体を制御する線が切れてしまったかのように脱力して、だらしなく口をぽかんと開けていた。

ただ頭だけは、いそがしく立ち働いていた。この状況を、目から入ってくるこの映像を処理するために、かれの頭は身体をひき離してまで、その活動に専念していた。

どうしていままで気づかなかったのだろう。——

アリーの目線のさきには、一枚の額が掛けられていた。

それは肖像画である。穹廬の骨組に引っ掛けられた恰好で、それはあった。

その肖像は、シーア宗祖アリー・ブン・アビー・ターレブのものである。

右むきの目線に豊かな鬚髯《しゆぜん》。黒い帽子に黒い上衣。地に坐しているようにも、雲海の上を浮遊しているようにもみえる。背後にはまばゆい後光が射している。白い袖口からのぞく手には、この世に斬れぬものなしと謳《うた》われた名刀ズール・ファカールがにぎられている。──

見まがうはずがない。生まれる以前から、かれの家のいたるところに高高と掲げられ、仰いできた姿である。父が拝み、その名を息子にあたえ、その叡智、武名、仁愛、清廉、敬虔、禁欲、恩寵をくりかえし息子に説いた人物。そして、その息子──アリー自身が、二十年ちかくをかけてようやく払拭できた幻影であった。

いまこの奇妙な再会に、アリーは正直とまどいを隠せなかった。

なぜ、こんなものが、ホセインの穹廬のなかに──？

考えられる可能性は二つ。ひとつは、行者ホセインがアリー・ブン・アビー・ターレブの個人的な崇拝者であった、という可能性。

もうひとつは、かれがシーア宗徒であった、という可能性。

アリーには、後者のほうが自然なようにおもわれた。

　かれの足許には、整然と書物がつんである。——コーラン、ハディース、そして『宗教学大要《オスール・カーフィー》』、『エステブサール』といった数冊のアフバール——この伝承集《アフバール》とはシーア宗指導者《イマーム》の言行録のことで、シーア宗徒がことのほか重要視する経典である。

　そのときアリーは異変に気づいた。コーランの、中ほどのページが乱れているのだ。とりあげてみると、しおりでも挟んであったかのように、乱れた部分のページがぱたっと開いた。

　異変の正体はすぐにわかった。その部分の数ページが破り取られているのである。前後の内容から判断して、破られたのは九十一章前後のようだ。

（どうして、こんなことを……）

　いったい、だれの仕業《しわざ》だろうか。行者ホセインが修行生活のなかで、偶然に破いてしまったのだろうか。それとも、

　——布らしきもの。

　それは、突然にひらめいた。

　ありえないことではない。すぐにアリーは膝をついて、穹廬の床を捜索しはじめた。書物をのけて、絨緞をめくり、天幕をめくりしていると、それはあっけないほど簡単に見つかった。

入口ちかくの骨脚の陰にかくれるように、真っ赤に染まった数枚の紙片がまるめて捨ててある。いかにも無造作なかんじであった。

血のせいで一部が天幕に貼りついていたのを慎重にはがして、手にとってみた。血のにじんだ紙面にはかすかに、聖句が透けて見える。

九十一章だった。

アリーは立ちあがって、絨緞の上の血痕に目をやった。

犯人は、この絨緞の上にいたホセインに切りつけ、あらかじめ――あるいは咄嗟に――破り取ったコーランの数ページを雑巾《ぞうきん》代わりにして噴血を抑え、血に染まったそれを無造作に捨てたのだ。

冒瀆的である。

血で染められた聖句。――

アリーの心臓が烈しく脈搏《う》った。

かれは、そのいかにも背教的な映像に、魅了されていた。ありえない、あってはならない美しさが、そこにはあった。

（いけない――）

アリーは、かるく自分の左頬を打った。

そして、ズィクルを唱えるときのように、呼吸をととのえると、血に染まった紙片をていねいに床においた。

打った頬にわずかだが、ぬめりけをかんじた。かれはおそるおそる、己の両掌を眼前にひろげた。

かれの指先は、ホセインの乾いた血でよごれていた。

*

外に出て驚いたのは、シャムウーンが依然として穹廬のまえにたたずんでいたことである。

かれは門前の犬よろしく身じろぎもせず、そこにいた。直立姿勢のままで、まるで地面に突き立てられた棒のようであった。

ところがアリーの姿を認めると、かれはうつむいて目線をそむけてしまった。やはり、かれにたいする疑念をいまだ晴らしてくれてはいないようである。

穹廬に入るまえと出たあとでは、陽射しの強さは数段ちがっていた。

明るみをもたらすだけであった光が、いまでは熱を帯び、皮膚の表層をちりちりと焼きはじめている。

アリーは手をかざし、太陽を仰いだ。

その無量の光は、目に刺すような痛みをあたえる。アリーはその光のさきに存《あ》るものを視《み》るように、睨みつけた。

だが結局こらえきれず、まぶたを閉じた。まぶたを閉じてなお、原色の残照が脳裡に焼きついて、離れようとしない。

だれもが、太陽のあることは識っている。その光を浴び、その恩寵にあずかっている。仰ぎ、崇めることもできる。

しかし、その姿を——その燦然《さんぜん》と降りそそぐ光のヴェールの、そのさきを越えたところにある、その真の姿を目睹できる者はいない。

火蛾。——

蠟燭の光のさきに、この世界の《出口》を求め、その身を火中に投じ、灼《や》き亡びる、蛾。

その姿は、はるか七天のさきに至上の《真理《ハキーカ》》を徼《もと》め、天空につらなる《神秘階梯《マカーマート》》をのぼり、その自我を滅却するスーフィーと重ねられた。逆に至上の《真理《ハキーカ》》とは、天空に燿《かが》やく太陽を想像させる。

――ちょうど、太陽に近づけば近づくほど、驚きが増大するように、ついには、神秘家である彼が彼でなくなる地点までに達する。

偉大なる神秘家ズン・ヌーンの言葉である。

――神に近きものにこそ驚嘆は大きかれ

彼ら、天界の王の掣肘《せいちゅう》を知るゆえ。

目を瞑《と》じてなお、その光が網膜を焼く太陽。

アリーの脳裡には、天界飛行のすえ、神の威光のまえに灼き亡びてゆく行者たちの姿が映った。その粗衣に火がつき、皮膚がただれ、口からは長い唸り声を発する、行者たち。

その声ははたして、怨嗟《えんさ》の声なのだろうか、それとも愉悦の声なのだろうか。――

おそらく、どちらでもない。

アリーはまぶたを開くとともに、その一瞬の想念に幕を下ろした。

目のまえでは、シャムウーンがあいかわらず、アリーの挙措《きよそ》をうかがうようにたたずんでいる。かれのそぶりは、挙動不審というにふさわしい。

もはやかれと話すことなどないように思われたが、ただひとつ確認しなければならないことがあった。しかし、その内容からしても、いまのシャムウーンの様子からしても、訊くにためらわれるものがあった。

アリーは躊躇《ちゅうちょ》したが、すぐに意を決したように、シャムウーンのもとへつかつかと歩みよった。不意を衝かれた恰好のシャムウーンは、当惑したふうで後ずさりした。

アリーはかれにむかって、一日ぶりの言葉を吐いた。

「行者ホセインを、葬らねばならないのですが……」

かれはそういって、背後の穹廬に目をやった。そこにはもちろん、ホセインの屍体が変わらぬ姿で載せられていた。

するとシャムウーンはうつむきながら、左手をゆっくりとかざして、首を左右にふった。

ひとりでやる、という意味であろう。予想していた答えだった。

「そうですか……」もはや反抗してみる気さえおこらなかった。ひとりで葬りたいというのなら、そうさせればよい──アリーはシャムウーンの傍らをぬけて、自らの穹廬にむかって歩きだした。

かれらのあいだには、すでに決定的な溝ができていた。とはいえ、もともと《独居・隠遁》の行者である二人のあいだに、世俗的な情操があったはずもなく、溝という言い方には語弊があるかもしれない。

二人の指向性が根本的にずれてしまった、という表現が正しいのかもしれない。いままでどこかで交わっていた二本の直線が平行に、あるいはねじれてしまった。どこかで交わっていたはずだ、という幻想すら立ち消えてしまった。

アリーは思った。

(あの男の仰いでいる天は、わたしの仰ぐ天とおなじだろうか──)

そのとき、アリーの背中に、シャムウーンの顫《ふる》えた声が投げかけられた。

それは、一日ぶりに聞く声だった。

「つぎは、わたしの番ですか？——」

＊

風が、アリーの穹廬をゆらしていた。

かれは粗暴な動作で、入口の帷幕を押しあげた。自分がどうやら不機嫌であることがわかった。

なかは、変わらぬ風景。あいかわらずの、狭苦しい穹廬である。

そう、なにも変わっているはずがない。まだここで修行をはじめて、四日もたっていないのだ。

なのに、すでに二人の修行者が死んでしまった。

しかも、他殺である。

一人目の名は、カーシム。

かれは全身を鞭で撻《う》たれ、首を切られ、そして額に短刀を突き立てられて、死んでいた。昨日のことである。老人だった。

二人目の名は、ホセイン。

その遺体を見つけたのは、ついさきほどのことである。頸動脈をかっ切られ、穹廬の上に載せられて、死んでいた。齢《よわい》は四、五十歳というところだろうか。

残るは三人である。シャムウーン、アリー、そして導師ハラカーニー。

このうち三番目の弟子シャムウーンは、新来の弟子アリーが二人を殺したものと思っている。それどころか、シャムウーンはつぎに自分が殺されるものと考えているようだ。

たしかに順番からいえば、つぎはシャムウーンである。しかし、もしそうなら、そのつぎはかならずアリーが殺されなければならない。なぜなら、アリーは殺していないからである。殺していないことを自分自身で知っているからである。

しかしそうなると、やはり犯人は導師ハラカーニーということになる。

かれは糸の切れた操り人形のように、脱力してすわりこんだ。

訳がわからなかった。

いったい、この怒濤のような日日はなんなのだろうか。

五年間にもわたった教団での修行は、おなじ作業のくりかえしであった。定められた修行を、定められた時間割にしたがって、定められたやり方でこなしてゆく。定められ——

それだけの、なんら起伏のない日日であった。

ここに来てからの四日間は、そんな教団での五年間を、かんたんに吹き飛ばしてしまった。

坐を組んだ。

自嘲の嗤《わら》いがこみあげてくる。——倦《あ》きずにまた、神の名を叫ぶのか。

かれは寂《しず》かに、ズィクルをはじめた。


アッラー、アッラー、アッラー、……

まだ朝である。導師ハラカーニーは夜にしか現れない。

アッラー、アッラー、アッラー、

愚かしい。

わたしが真に徼《もと》めているのは、神ではない。

アッラー、アッラー、アッラー、

導師ではないか。

アッラー、アッラー、アッラー、

わたしは神の名を唱えながら、導師ハラカーニーを徴めている。

なんと背徳的なズィクルであろう。神に、うしろめたさをかんじるとは。神秘道《タサッウフ》に入って五年。まさかこんな気分を味わうことになろうとは、夢にもおもっていなかった。

逃げればよかった。いまだって、すぐに穹廬を飛びだして、すべてを棄てて、逃げてしまえばよかった。ここにいれば殺されてしまうかもしれないのだ。

けれども、逃げなかった。そしていまも、逃げようという気にはなれない。

まるで、この地に呪縛されてしまったようである。

なにかが、アリーのなかに確実に浸蝕をはじめている。それがかれの心を囚え、この地に束縛して、離さないのだ。

もはや、かれは神の名を叫ぶしかなかった。

たとい一層の背徳心にさいなまれようとも、やめることはできない。それはいまや辟邪《へきじゃ》の言葉というより、いかなる譲歩もゆるされぬ最後の一線であった。

もし、この一線を越えるとき——アッラーの名を唱えることをやめてしまうとき。

——

そのときこそ、このうえない背徳の瞬間であろう。

アッラー、アッラー、アッラー、アッラー、

アッラー、アッラー、アッラー、アッラー、

アッラー、アッラー、アッラー、アッラー、

言葉。——

アッラー、アッラー、アッラー、

結局、言葉で呼ぶだけしかできない。

アッラー、アッラー、アッラー、……

ひとは、言葉を叫ぶことでしか、神に近づけなかった。偶像崇拝者にあってもおなじである。かれらが崇めているのは、偶像そのものではなく、神という名のあたえられた偶像である。いわば、名を崇めているにすぎない。言葉を崇めているにすぎない。

——言葉とは、人が惑《まど》わぬようにと神のあたえた慈悲。

導師ハラカーニーはそういっていた。

かつて古代バビロンの民は、天へと架ける橋——塔を建てようとこころみ、神の怒りを買った。神は、かれらの言葉を別《わか》つことで、かれらを四散せしめ、塔の建設を頓《とん》挫《ざ》させた。

べつの見方をすれば、神は塔の代償として、言葉をあたえたともいえる。塔を建てることでしか神の存在を確かめられなかった人間が、はじめて言葉を得て、《信仰》を知ったのである。それはまさしく、神の慈悲であった。

しかし時がたつにつれて、人びとはその恩寵をわすれ、言葉は形骸化《けいがい》をはじめる。真理への媒介にすぎなかった言葉が、真理そのものの仮面をかぶりはじめたのである。

預言者ムハンマドが、神の声であるコーランの翻訳を禁じたのも、言葉を恐れてのことにちがいなかった。ひとが、翻訳で産みだされる偽りの啓典によって惑うことを恐れたのだ。

また、スーフィーは、あえて晦渋《かいじゅう》な隠語《いんご》を多用することで、神秘道《タサッウフ》の教えと世俗の言葉とを峻別《しゅんべつ》した。かつて殉教の聖者イブン・アターはある神学者に「あなたがたスーフィーが聞きなれぬ語彙《ごい》を用いるのは、あなたがたが真実を偽っているか、教義の不備を包み隠すためであろう」と非難された。

イブン・アター答えて曰く、

――われわれには、そうすることによる栄光がある。栄光があるゆえに、スーフィー以外の者がそれを知ることも、俗人の言葉を用いることも望まなかった。われらはわれらに特別な言葉を見いだしたのだ。

一方で信仰の道を拓《ひら》き、他方で人びとを惑乱《わくらん》させる、言葉。

一見、両刃《もろは》の剣のようである。しかし、それはちがう。問題は使い方である。言葉を用いなければ、伝わらない。預言者でさえ、神の声を言葉に記した。翻訳の禁は、あくまで言葉の濫用《らんよう》を恐れたのであって、言葉自体を否定するものではなかったはずだ。

——わたしは言葉など用いない。

導師は再三にわたって、そういった。

師から弟子へと、その教えが師資相承のかたちで伝えられる神秘道《タサッウフ》にあって、言葉を否定することは、下手すれば自らの首を絞める行為にもなりかねない。言葉を用いなければ、教えは伝わらないのだ。言葉を用いずに、どうやって師と弟子とのあいだで教えをやりとりするというのだろうか。まさか、たがいの霊力や念話で交信するとはいうまい。……

いや、——

聞いたことがある。

霊の交信を用いるという教派を。

なんと異端的だろう。アリーはたしか、その荒唐無稽《こうとうむけい》ぶりを一笑に付したおぼえがある。

その教派は、霊に教えを承《う》けるのだという。

だからかれらは、特定の人間に師事することはない。さらに生者に師事する必要もない。かれらは、すでに存命しない聖者や、ときに預言者ムハンマド、あるいは神自身に師事することさえあるという。

たしか、その教派の名は。——

考えてみたが、想い出せなかった。

しかし、アリーにはひとつ、思いあたることがあった。

それは、いつかの導師ハラカーニーの言葉である。いま考えると、その意味するところはあまりに深く、決定的とさえいえた。

——我が師の名は、アブー・ヤズィード。

それは、三百年もまえに死んだ聖者の名である。

＊

蠟燭に火を点した。夜である。

アリーは、哀しいばかりにこの時間を待望していた。

背徳心と妄念を背負いながらも、ズィクルをつづけてきた。それも、すべてこの時間の——この瞬間のためだったとさえ思えた。

炎がゆらいだ。

アリーの体内には、期待感と焦燥感が充満していた。ただ神の名を唱えることで費やしてきた一日。それが四日間つづいた。そのあいだに二人の行者が死んだ。二人とも殺されて、死んだ。

残りはもう、三人だけである。

このうちのひとりが、殺したのだ。——

アリーのなかで、なにかが切れた。

血が逆流するように、身体のなかをなにか熱いものが走った。かれはおもむろに立ちあがった。そして唐突に、

「導師よ」

大音声《だいおんじょう》で呼ばわった。

「導師よ」堰が切れた。言葉がどっと溢れ出す。――「導師よ、導師ハラカーニーよ」

叫びだしたばかりなのに、もう声が嗄《か》れそうだった。

「あなたが、あなたが殺したのだ。あなたが行者カーシムと行者ホセインを殺したのだ」

喉が熱い。焼けるようだった。

「――つぎは、行者シャムウーンを殺すのですか。そして、わたしを殺すのですか。ひとり残さず鏖《ころ》してしまうおつもりですか」

アリーは、導師よ、導師よ、と叫びつづけた。漆黒の闇にかれの声だけがむなしく響く。叫声が虚無の闇にそそがれてゆくなかで、わたしは狂ってしまったのだろうか、という不安が頭にたれこめてくる。かれは、己の統御下を離れてしまった己をかんじはじめていた。――それでも、叫んだ。烈《はげ》しく叫びつづけた。

そしてかれは突然やめた。叫ぶのをやめてしまった。

残響が闇のなかに吸収されてゆく。すぐになにごともなかったかのように、沈黙が恢復《かいふく》される。

アリーは目のまえに燃える蠟燭にむかって、翻然と頭をもたげた。

そして、つぶやくように、いった。

導師よ、――

導師よ、あなたが殺したのですね。……

正面に、影が、映っていた。

――つまらない問いだ。

導師の声が響いた。

それは耳鳴りのように、近くに聞こえた。

影は炎の微動にあわせて、幽《かす》かなゆらぎをみせる。

まるで天幕に、細波《さざなみ》がうねっているかのようである。

「導師よ、あなたが殺したのですね」

「つまらない問いだ」

「――〝叡智にとってあまりに鋭敏すぎるほど忌むべきはなし〟」

影――ハラカーニーは、だしぬけにそういった。アリーが、その文句がいかなる典籍に拠るものか判らず反問さえできないでいると、ハラカーニーはふふ、と失笑しながら、「いにしえのローマびとの言だ」とつけくわえた。

「導師よ――」アリーは姿勢を整え、再度問うた。――「あなたが、二人の行者を殺したのですね」

「アリーよ、捕吏《ほり》のまねごとなどして、どうするつもりだ」

と、咎《とが》めるような影の声が響いた。

「否定なさらないのですか」

「つまらない問いだ」

「そう――」アリーは大きく息をついた。「導師は昨晩も、否定はしませんでした。わたしが、行者カーシムについての疑念を問いかけたときです。いまとおなじことを問いましたが、導師はやはり否定されなかった」

影は答えなかった。

「導師は、二人の死を予知されていました。もちろん具体的に予告したわけではありません。しかし、あの示唆はあきらかに二人の死を暗示したものでした。では、なぜ導師はご存じだったのでしょうか。それは、」

アリーは、小休止をおいて、いった。

「――それは、導師が二人を殺したからです」

「薄弱な理由だ」

影は、みじかく答えた。

「しかし、ほかに考えられないではないですか。どうして、二人の死を知りえたのですか？」

「弟子のことは師たる我が掌中《しょうちゅう》にある。だから、わかる。それが答えだ」

「弟子のことは掌中にある」

アリーは師の言をくりかえした。

「――だから殺したのではないのですか？」

すると影は、高らかに哄笑《こうしょう》して、

「おまえがどう考えようと、自由だ」

「しかし」

「重ねて訊こう」ハラカーニーはアリーの反駁をさえぎって、いった。――「捕吏のまねごとをしてどうする？　だれがあの二人を殺したかを識って、どうするというのだ？」

「導師の教えを正確に理解するためです。くわえて、わたしのなかの困惑を鎮《しず》めるためでもあります」

アリーは悲鳴にも似た声で、

「導師よ、一言でいいのです。是《ぜ》か、非《ひ》か。――お答えください。導師が、カーシムとホセインを殺したのですか？」

影――ハラカーニーはしばらく答えなかった。

静寂が、声を待つアリーの心身を圧する。

「おまえの問いはまるで子供の言葉だ。中身がなにもない」

影の声がつめたく響いた。

「――是か非かで答えよという。ならば是であり非である、と答えるしかない。……つまらない問いだ」

「それは、どういう意味ですか。やはり、導師が殺した、ということなのですか」

「逆に訊こう」影は挑発的にいった。――「預言者ムハンマドの聖戦《ジハード》には多くの信徒が参じ、その命を失った。ならば、かれらは預言者に殺されたともいえるのではないか？」

「それは詭弁です」アリーは昂奮した口調でいった。「かれらは頑迷な異教徒どもと戦い、異教徒どもに殺されたのです」

「おまえの意見は一面的な見方にすぎん」ハラカーニーは鋭く咎めた。――「おまえは《聖戦《ジハード》》についてまるで理解していないようだ」

「《聖戦《ジハード》》とは、異教世界《ダール・アルハルブ》をイスラーム世界《ダール・アルイスラーム》に包容する手続きのことではないのですか」

「その定義はまったく正しい。しかし、同時にそれは外面的なものでしかない。内在する真意を解することができなければ、やはり理解しているとはいえまい」

「内在する真意、とはいったい、なんなのですか？」

と、アリーが尋ねると、ハラカーニーは諭《さと》すようにいった。

「至上なる目的のために戦い、死ぬこと。それは信徒にとって、天への道でもあるのだ。聖戦とは、その戦いによって共同体《ウンマ》が獲得する成果のみを目的とするものではない。個個の聖戦士たちが天へと飛翔《ひしょう》する行――求道なのだ。戦《いくさ》も、その戦果もただの過程や副産物にすぎない」

「それは……」

「ならば、かれらは預言者ムハンマドに殺されたとはいえまいか？　かれらは預言者に従い、聖戦へ導かれて、戦死し、昇天したのだ。かれら聖戦士が、異教徒ごときのせいで死に至ったはずがない。預言者に殺され、救われたのだ」

「ああ……」

アリーの心のなかに、聖なる光に導かれて天へと昇ってゆく戦士たちの姿がひろがる。――

その光輝はまぎれもない、奇蹟《ムウジザ》の光。

「……すると、導師は、カーシムとホセインの死は修行の結実だったとおっしゃるのですか？」

しかしハラカーニーは、突きはなすようにいった。

「死は、いかなるものの答えでも、結果でもありえない。――要は、おまえの問いがいかにも魯《おろ》かだということだ。カーシムとホセインは我が掌中に斃《たお》れた。ゆえにわたしが殺したという誹《そしり》も免れえぬだろう。――しかし、それだけだ。もはや、カーシムとホセインはいない。かれらに固執する理由など、なにひとつない――」

たたみかけるような師の言葉である。ハラカーニーはアリーを言葉の海に沈溺《ちんでき》させながら、言葉を否定する。

しかしアリーは、なおも藁《わら》にすがる気で抗《あらが》った。

「導師のおっしゃられることはわかりました。しかし、現実に二人を殺した人間がいるのです。現実に、かれらに短刀を突き立て、屍体を掲げた人間が」

「まだ、わからないのか？」

影――ハラカーニーは、不気味なほどにやさしい響きで、いった。

「――それは、異教徒《カーフエル》だ」

なぜだろうか、アリーはその答えを聴いて、これ以上追及してはいけない気がした。

異教徒。――アリーはもうひとつの疑念を想い出した。

炎の仄めくなか、闇が一段と重くかんじられる。

「導師――」

アリーは鄭重《ていちよう》な口調で、問うた。

「行者ホセインは、シーア宗徒だったのですか？」

沈黙があった。

このときアリーの心中に、今朝見たホセインの穹廬のなかの風景が、鮮明な映像となってよみがえった。――

厳然と掲げられていた、シーア宗祖の肖像画。

床につまれた、シーア宗指導者《イマーム》の伝承集《アフバール》。

「俗界ではそう呼ばれよう」

影――ハラカーニーはそう答えた。

アリーはうめくような声で、問うた。

「……なぜ、シーア宗徒が、ここに？」

「なぜ、とは？」

「ここは、神秘道《タリーカ》を歩む修行者たちが屯《つど》う地ではないのですか」

「まちがってはいない」

「まちがっていない？」アリーは声をあげた。「――正しくもないのですか？　ここにいるのは、修行にうちこむスーフィーだけではないのですか」

「つまらない問いだ」

影の響きは冷酷である。

「――たとい、ホセインがおまえのいうシーア宗徒であったとして、どうだというのだ？　どうなるというのだ？　ホセインは、もう死んだのだ」

死んだのだ――その響きが重く、鈍くアリーに伝わった。

（そうだ、死んでしまった）

アリーの脳裡に、穹廬に載せられた骸《むくろ》――偶像――の姿がうかんだ。

あれでは、まるで、墓のようだ。

（墓――？）

頭のどこかで、なにかがつながった音がした。

「導師は、シーア宗徒なのですか？」

アリーがそう問うと、ハラカーニーはみじかく「いや」と否定した。

「では、なぜシーア宗徒であるホセインを門弟にもち、指導なされたのですか。しかも、二十年もの長きにわたって――」

「時間の永さは問題にならない」

「それなら、なぜシーア宗徒を？」

なおも食いさがるアリーに、ハラカーニーはややうんざりした響きで答えた。

「亡者について議《はか》っても詮ないことだ。あの者はもはや逐《お》われた。二度とこの世に還ることはない。……これ以上おまえの知るべきことがあろうか」

そうかもしれない――アリーもそう思った。しかし、かれは問うことをやめようとしなかった。なぜなら、それが巨大な像を構成するための、いくつもの断片をむすぶ一縷《いちる》の糸であるような気がしてならなかったからである。

「行者カーシムは、スーフィーでした――」

アリーは、カーシムの穹廬のなかに累とつまれていたスーフィー文献群を想いうかべながら、いった。

「導師は、一方でスーフィーに、他方ではシーア宗徒へ、どのような教えをお伝えになっていたのですか」

「どちらもすでに逐われ、斥《しりぞ》けられた者。おまえになんの関係もない」

容赦のない響きで、影はそうくりかえした。

しかし、アリーはやめない。

「導師は、聖者アブー・ヤズィードを師と仰いでいる、とおっしゃいました」

「そうだ。――かれに神の恩寵あれ」

「聖者アブー・ヤズィードは歴《れっき》としたスーフィーでした」

「そうだ」

「ならば、その教えを承けた導師も、スーフィーではないのですか？」

「その論法はあやまっている。師とは隷属するものではない。隷属すべきはただ神のみ」

「しかし、師と仰ぎながら、師に背くことがありましょうか。弟子は師の道を歩むものではないのですか」

すると、心なしか影――ハラカーニーの声が一段低くなったような気がした。

「神秘家《アーレフ》が歩むべきはただ、神への道。導師などはただの里程標にすぎぬ。過ぎてしまえばもう、一顧だにすることもない」

「過ぎる、とは……」

「師アブー・ヤズィードが理論でのみ到達しえた高みに、わたしはこの体軀をもって到達した。師の影はいまや、過去の心象《しんしょう》にすぎぬ」

不遜な言葉である。師にたいする言葉ではない。

「聖者アブー・ヤズィードが、導師の師にあたるわけですね」

無駄な確認である。当然のように師は答えなかった。

アリーはつづけた。

「わたしの識るかぎり、アブー・ヤズィードは三百年以上もまえに、昇天しました」

やはり師は答えなかった。

アリーは、ごくりと唾を嚥《の》んだ。

そして慎重に、つぎの言葉を口にした。

「亡き聖者に、導師はどうやって教えを承けたのですか？」

急に季節がめぐったように、夜気がつめたくかんじられた。

（はたして答えてくれるだろうか――）

たしか一昨日の晩に問うたときには、ほとんど黙殺に近いかたちで終わってしまったはずである。また「つまらない問いだ」の一言で片づけられるのだろうか。

しかし導師ハラカーニーは、意外にもあっさりと語りはじめた。

「わたしが師アブー・ヤズィードの墓をたずねたのは、まだ、書《コーラン》もろくに知らぬころだった。おまえは聖者アブー・ヤズィードにあたえられし聖衣について識っているか？　わたしはそれが欲しかった。だから師の墓のまえにたたずみ、神に祈ったのだ。――わたしに、聖衣をお譲りくださいますように、とな」

（聖なる衣……）

アリーは、どこかでそんな話を聞いたような気がした。

「わたしのまえに、師アブー・ヤズィードが現れた」

ハラカーニーは唐突にいった。とまどうアリーをおいて、かれはつづけた。

「――わたしは正直に来意をつげた。己についても明かした。ろくに書《コーラン》を読んだこともなければ、イスラームのなんたるかも知らぬ若輩者だ、と。すると師曰く――〝おまえの偉大さはすでに予言されている〟――しかし師は最後まで、聖衣を譲ることだけは惜しまれた。だからわたしはせめて、その匂いだけでもさずけていただくよう祈った」

（匂い……）

目のまえで、白煙をたなびかせながら、蠟燭が燃えている。

煙にはかすかだが、独特の香りがかんじられた。

「そうだ」アリーの心の言に応じるように、ハラカーニーの声が響いた。――「わたしは師より聖衣の匂いを得た。おまえの目のまえにある蠟燭は、その一部を内に封じこめたものだ」

蠟燭には不純物が混じっていて、全体としては茶褐色をなしている。

この不純物が、聖衣の臭気を凝縮したものだったとは。

「――聖衣の匂いを得たわたしは、満ち足りて師の墓を去った。そのときにはすでに、書《コーラン》の全文をそらんずることができるようになっていた。さらに師の生誕の地であるバスタームをたずねて、その多くの言説にふれた。しかしすぐに、それらはもはや無用のものであることに気づいた。――かの匂いを享けた瞬間、わたしは師法のすべてを領解してしまっていたのだ」

このときアリーのなかで、ある予感が頭をもたげはじめていた。

「わたしは気づいた。――あとは衣の匂いに従えばよいのだ、匂いに導かれるまま、晋《すす》んでゆけばよいのだ、と」

(まさか……)

霊の交信を用いる教派。――

「目のまえには、赫赫《かっかく》と輝く道が拓かれていた」

その教派は、霊に教えを承けるという。――

「その深奥、」

かれらが師事するのは、すでに存命しない聖者や、――

「まばゆい光のなか、」

ときに預言者であり、――

「神がいた」

神自身であったという。――

「導師」

アリーはみじかく呼びかけた。声は顫えていた。

特定の導師をもたぬ教派。――

「導師、あなたは、ひょっとして、」

その教派の名は。――

「《ウワイスィー》ですか」

そう、その名だ。

ウワイス派。――特定の導師をもたず、亡き聖者や預言者に直接教えを承ける伝説の教派。その特異さは神秘主義的というより、異端的な妖氛《ようふん》をただよわせていた。

その異端きわまる名がいま、アリーのなかで燦然と輝きを放ちはじめていた。

影――ハラカーニーは、ほう、と意外そうな声をあげて、

「まさかおまえの口から祖師の名を聞こうとはな」

と、いった。

「祖師、とは……」

「我が祖師の名はウワイス・カラニー。――かれに神の慈悲あれ」

その答えがすべてであった。

＊

ウワイス・カラニー。

伝説的な聖者《ワリー》である。その名はアラビア語で《狼》を意味する。

ウワイスの伝説は南アラビア・イエメンにはじまる。かれは極貧の家に生まれ、服も靴も施《ほどこ》し物で、食料はごみの山から得ていたといわれる。家には年老いた母親がいたため、かれはその世話にあけくれ、ついに同時代の預言者ムハンマドと一度も会すことはできなかった。しかし預言者のほうでは信徒たちにむかってくりかえしウワイスを最高の信仰者と評し、その出現を予言していたという。

ウワイスの名声が世に高まったのは預言者の死後、第二代教皇《カリフ》ファールークの御代《みよ》になってのことである。その出現を預言者の予言によって知らされていた教皇ファールークは、突然のウワイスの来訪にたいし厚遇をもってむかえた。かれはあらかじめ、ウワイスに己の罪の調停を懇願するよう、預言者に命ぜられていたのである。フ

れた。アールークの願いはすぐに聞き容れられた。ウワイスの調停能力は《二部族分の家畜の毛の数》に相当する人数におよぶほど強力なもので、その調停は難なく成しとげら

しかしウワイスはその名が人口に膾炙《かいしや》することを好まなかった。かれはこの話が外にもれぬよう教皇に厳命したのだが、話はかれの名とともにどこからともなく世に広まることとなった。ウワイスはその高まる名声を厭《いと》うように、ついに故郷の地を去ってしまった。

ウワイスは、かのスィッフィーンの戦いにおいて、その最期をむかえることになる。かれはこのとき第四代教皇アリー・ブン・アビー・ターレブの側について、戦死している。――

以上が聖者ウワイスの略歴であるが、異説も多い。基本的にかれの生涯は謎に充ちていたといってよいだろう。ほとんどが謎だったともいえる。

しかしその謎の多さゆえに、ウワイスは伝説となった。礼拝所《モスク》に行くことさえできなかったかれの貧窮は、スーフィズム第四階梯《清貧《ファクル》》の象徴となった。その強力な調停能力は、《天界飛行《ミーラージュ》》を想起させる。またかれは貧

しさゆえに羊毛の衣《スーフ》を着用し、祈りをささげるときには頭を剃髪《ていはつ》していたという。

――その姿はまさしく、当代のスーフィーそのものであった。

まさにウワイスは、あらゆる面でスーフィーの原型をなすものであったのだ。

くわえてウワイスは、その生涯を通じて、ついに預言者と直接に面会をはたすことはなかった。しかしウワイスは預言者を知り、また預言者もウワイスについて知っていた。

かれは《内面の目》で預言者と会したのだと伝えられている。

すなわちウワイスは、霊の交信をもって預言者に教えを承けたというのだ。

ここにウワイス派の名の由来がある。特定の導師《ピール》をもたず、枢機《クトウブ》を頂点とする現世のスーフィズム・ヒエラルキーを否定し、預言者――あるいは神――の直接指導を追求する教派。――

それが、ウワイス派であった。

そしていま、目のまえに、そのウワイスを祖師と仰ぐ師の影があった。

影――導師ハラカーニーはいった。

「わたしは幼少のとき、祖師ウワイス、導師アブー・ヤズィードとともに、おなじ屍衣にくるまれて葬られる夢をみた。その至福の夢から目醒めたわたしのまえには、すでに道は拓かれ、その深奥に皓皓《こうこう》たる光をみた。その道こそが――」

そのとき、アリーの脳裡にも、黄金色に輝く一条の道がまっすぐに延びていった。

「《神の絶対唯一性《タウヒード》――だった」

そう。――

タウヒードへ至る道において最大の障壁となるもの。すべての誤謬と不信の濫觴《らんしょう》。

それは言葉だった。

言葉は神秘道《タサッウフ》が師資相承のかたちで伝えられるとき、最大の隘路《あいろ》となった。言葉を用いねば伝わらない。しかし伝えることによる変質もまた避けられない。言葉で伝えられることによって、その真意は確実に喪《うしな》われてゆく。

――言葉とは、騎士を失った空しい馬にすぎぬ。

導師はそういっていたではないか。

伝えられる言葉が俚言俗語のたぐいであれば、すこしばかりの意味の変質も喪失も、なんら問題はなかった。しかし神秘道《タサッウフ》で伝えられるのは、神のことば《カラーム・アッラー》――わずかの瑕疵《かし》もゆるされぬ、至聖にして絶対なる教えなのである。

真なる教えは伝えられなければならず、求められなければならない。しかしその媒体に言葉が用いられると、その弊害として教えは変質を免れない。――この問題を解決するために、預言者ムハンマドは聖書コーランの翻訳を禁じ、スーフィーたちは晦渋な用語を過剰なまでに多用することで、聖なる教えと俗語とを厳格に区別したのである。

しかしそうした解決も、所詮は妥協策にすぎなかった。言葉と折り合いをつけただけで、言葉そのものの弊害から完全に脱却できたわけではない。それを成功させるには、言葉自体を完全に排斥するという、一見不可能ともおもえる道を歩まざるをえないのである。

その完成形が、ウワイス派であった。

言葉による師資相承を否定し、独力で神秘階梯《マカーマート》を探し求め、それを独力で登りつめて、霊による直接指導を承けることで、かれらは言葉という障壁を完全に超越してしまう。まさにウワイス派こそ究極のスーフィーであり、完全なる《神の絶対唯一性《タウヒード》》の徒。――

すなわち、ウワイス派こそが唯一のタウヒードへの到達者なのである。そして、ウワイス派のまえでは、ほかのムスリムなど、もはや、――

「偶像崇拝者にすぎぬ」

ハラカーニーはアリーの心中の言葉をひきとるように、いった。

アリーはその尊大な言説に、文字どおり言葉を失ってしまった。

ウワイス派をまえにして、言葉は偶像へと堕落してしまった。

「言葉はすべての偶像の源であり礎。神秘家《アーレフ》が斥けねばならぬ最後の偶像だ。言葉を崇めるものはつねに偶像崇拝者の誹《そしり》を免れえぬ。——預言者が破壊を尽くしたにもかかわらず、いまこの世には幾億体の偶像が溢れかえっていることか」

額に短刀を突き立てられたカーシム。屍体を穹廬の上に飾りつけられたホセイン。

——あれらも疑う余地なく、偶像であった。

「——偶像を造るものは偶像崇拝者」

天幕に映る影。その声に呼応するように、蠟燭の火焔が踊る。

「偶像崇拝者とは、——」

炎のなかでは白煙を噴きながら、なにかが爆《は》ぜている。

——偽りの教説を戴き、

——偽りの聖者を戴き、

——偽りの原理を戴き、
その炎はまるで、一個の生命体のごとく燃えている。

「偽りの神を戴く、——」

それは、蠟燭《シャム》の炎。

「《偽ムスリム《ズィンディーク》》だ」


ああ。——アリーは音にならぬ呻吟を発した。

まるで天啓であった。

頭のなかを電流のようなものが一閃した。それは玄穹を裂く雷のようであり、干《ひ》あがった細流を一瞬に浸潤《しんじゅん》する奔流のようであった。

偽ムスリム《ズィンディーク》——それが、最後の秘鍵《ひけん》だった。

散乱していた破片がむすばれ、線となり、面となり、容《かたち》となり、そしてひとつの像を描いた。

愚かだ、ひどく愚かだ。——

わかりきっていたことではないか。——

ここにいるのはスーフィーと限らなかったのだ。

ならば、答えはひとつしかない。必然の答えだ。ほかにありえない。

――偶像を造るものは偶像崇拝者。

ならば殺した人間も、偶像崇拝者にきまっているではないか。

すべての疑念がいま、ひとつの真理に収斂されてゆく。

そのさきには確実に、真実の光があった。

行者ホセインを殺したのは、行者シャムウーン――

いや、いまや《偽ムスリム《ズインディーク》》シャムウーン――だ。

＊

気がつくとアリーは駆けだしていた。

影――導師ハラカーニーをおいたまま、帷幕に肩からぶつかっていくと、転げるように穹廬の外に飛びだした。

外は漆黒《しっこく》。暗雲の塗りこめる空に、針で穴を穿《うが》ったように小さな星の光があった。

そのかすかな光の下で、アリーは周囲を、見なれたはずの光景を、しかしはじめて見る夜の頂《いただき》を見わたした。

　すでに穹廬は、アリー自身のものをふくめて二つしかなかった。しかもそのひとつ――シャムウーンの穹廬はまるで、なかで篝火《かがりび》を焚いているかのように、黄橙色の光をもらしていた。さながら闇夜にうかぶ燈明である。

　その光景に、アリーのなかの最後の猶予も確信へと逆転した。

　アリーは昂奮を抑えるようなこわばった足どりで、暗黒のなかに燈るシャムウーンの穹廬へと歩をすすめていった。――その姿はまるで、燈火に誘われる蛾のようであった。

　隠遁独居の行者二人がつぎつぎに殺されるという不可解な事件。いま進めている一歩一歩は、その解決への階梯であるにちがいなかった。

　ここにいるのは、スーフィーと限らない。――ホセインの穹廬を見たときに、瞬時に気づくべきであった。そして、悟るべきであった。

　ここにいるのは、ムスリムとも限らない――と。

　アリーの目のまえに、耿耿《こうこう》と煌《かがや》く穹廬があった。

　それは火の神殿。憎き偶像崇拝者にして、呪言者の聖域。

拝火教徒の魔殿である。——

アリーは帷幕に手をかけると、破り裂く勢いでそれをまくりあげた。

その瞬間、火焰が噴きあげたように、なかの熱気と光がかれの顔にふりかかった。外の冷気が疾風となって地を這い、穹廬のなかへ吹きこんでいった。

穹廬のなかは一面に、無数の蠟燭が列《なら》び立てられていた。乱入した風にその一群の燈火がゆらぎ、穹廬全体が明滅した。——まるで、世界全体がゆらいだような感覚である。

アリーは炎をかき分けるように、光のなかへ身を投じた。

光の中央には、白衣に身をつつんだひとりの行者が坐していた。

シャムウーンである。

かれは闖入《ちんにゆう》してきたアリーの姿を認めると、まるで聖域を踏みにじられた神官のように、ぎろりと睨《ね》めつけた。

アリーも負けてはいなかった。鋭く見かえすと、じりじりと近づいた。

汗がにじみ、流れ、こぼれ、零《お》ちた。

無数の蠟燭の炎が放つ光、熱、煙が穹廬のなかにうずまいて空気を歪め、目のまえに見える世界は陽炎《かげろう》のなかに没しはじめていた。すでに距離感さえあやしい。

アリーはその歪んだ世界のなかを敢然と歩み、シャムウーンと対峙した。

おたがいの目線がふたたび交わされたとき、二人は申し合わせていたかのように、同時に声をあげた。

『あなたが、殺したのですね――』

第六章　祭司シャムウーン

語り手の声が、霧の奥から聞こえてくる。——

男の影も、蠟燭の光さえも白煙のなかに幽《かす》かに認められるばかりで、地の涯《は》てにいるような隔絶感があった。あたり一面を白い煙に蔽われ、聞き手であるファリードは、己が狭苦しい穹廬《きゅうろ》のなかにいることなど忘れてしまいそうだった。

まるで、砂塵舞う沙漠——あるいは朝霧立つ深山にさまよい入ったかのように。

……

あたりには手がかりひとつない。白い煙霧のなかには、ただぼんやりとした蠟燭の光と男の影がうかんでいる。そして声が——男の声だけが、依然はっきりと響いてくるのである。声だけがこの空間のなかに明確に存在し、そして逆に空間を照射していた。

煙が目から鼻から侵入し、ファリードの身体を蝕んでゆく。

朦朧《もうろう》としている。《酪酊《スクル》》というのだろうか。眠りに就く直前のようで、細い細い糸がかろうじて支えているようだった。それがひとたび、ぷつんと切れると、――深く深く、どこかへ沈んでいってしまいそうだった。……

ウワイス派――ようやく現れたその名こそ、ファリードがここへ来た主たる目的であった。しかしいま、この朦朧とした意識のなかで、語り手の男の物語をいかに咀嚼《そしやく》すればよいのかも瞭然としないまま、ただ《ウワイス》の名だけが頭上に超然と輝くばかりだった。

白煙が独特の香りをともなって鼻腔をつく。どこかで嗅《か》いだことのある匂いである。……

ゆっくりと渾濁《こんだく》してゆく。世界は完全に白い霧のなかに没し、ただ男の声だけが唯一のよすがとして、この世界を照らしている。

ファリードは、このまま霧のなかに溶けてしまうような気がした。

声だけが、わたしに語りかける男の声だけが、わたしの存在を照らし、証してくれる。……

ちがう。

この声は、わたしが世界に渾沌《こんとん》と溶け合うのをさまたげているのだ。……

この声の――この流れくる言葉のせいで、わたしは世界に融けることができないでいるのだ。この声が、言葉が、わたしを拒絶する最後の障壁なのだ。……


声の主は、霧の奥にいる。……

ファリードは、身をのりだした。

膝の下あたりに石のようなものが埋まっている感触があった。

ああ――かれは気づいた。

これはきっと、シャムウーンという男の髑髏《どくろ》にちがいない。……

ファリードはさらに、身をのりだした。

白い煙霧のなかで、語り手の影が坐している。その腰には、鞘《さや》に収まった短刀がさしてある。

ファリードの手は、なぜかそれに伸びようとしていた。――

語り手の傍らには、黒い灰が山となってつもっている。それは、書物が燃やされた灰。そのなかに、一冊、燃えずに残っている書物があった。

表紙が風にあおられて、揺らいでいる。書名はちょうど裏側になって、見えない。
(あの、あの書物の、名は……)

『あなたが、殺したのですね――』

たがいに発せられたその言葉に、二人は同時に反応した。

＊　＊　＊

『馬鹿な――』


シャムウーンの穹廬のなかは一面に列べられた蠟燭の光のせいで、まるで昼のように明るかった。炎は煙を濛濛と噴きあげ、その熱気が陽炎を産み、もはや眼下にあった世界は歪みを帯びはじめている。

その光と熱と煙の中心――二人は眼光鋭く対峙していた。

かたや直立する粗衣をまといし行者。

かたや端坐《たんざ》する白衣をまといし神官。

「――あなたは、スーフィーではなかった」

直立する男――アリーはあくまでも冷静な口調をよそおい、そういった。

「あなたは偽りの神を戴き、偽りの霊を崇め、呪言《マンスラ》をあやつり、悪《あ》しき二元論を掲げる――祭司《マグ》だ」

その言葉に、端坐する男――シャムウーンの表情はにわかにきびしくなった。

アリーはつづけていった。

「ここにいるのは、スーフィーだけではなかった。――たしかに行者カーシムはまぎれもない、正統なスーフィーでした。そのことはかれの穹廬のなかにつまれていた書籍群からも判る。しかし、行者ホセイン。かれはスーフィーではなく、シーア宗徒だった……」

それは導師ハラカーニーも認めたことだった。

「そして、シャムウーン。……あなたは、ムスリムですらなかった。あなたの拝する神は、二元論という幻想の理《ことわり》にもとづく光と闇。そして、火――」

そこで、アリーは蔑視にも似た目をむけた。

「あなたは、ゾロアスター教徒。アッラーの教えを知らず、偶像を崇める――不信仰者《ガブル》だ」

善と悪、光と闇――徹底的な二元論を掲げ、火を光明神オフルミズドの子として崇拝することから拝火教ともよばれる――ゾロアスター教。

その信仰者と名指しされた男はしかし、坐を崩すこともなく、平然とアリーの言葉をうけていた。

「そのとおり」かれはあっさり認めた。「わたしが帰依する神は天上にましまず絶対善なる光明神オフルミズド。……宇宙の理を知らぬ沙漠の牧人が唱えし邪教に執心する修行者などではない」

沙漠の牧人とは……預言者ムハンマドのことか！

「わたしは、迂闊《うかつ》だった」アリーは嘆くような調子で応酬した。「ここに至るまで、神の名も知らぬ人間がいたことに気づかなかったとは」

穹廬一面に列べられた蠟燭の数は、五十をはるかに越えていただろう。そのすべてが血気盛んとばかりに熾烈に燃えていた。その熱気はまさに火事場のようである。

火陣の中心で、シャムウーンは表情をわずかばかりこわばらせて、いった。

「所詮わたしたちは異教徒どうし。あなたがいま吐いた罵詈讒謗《ばりざんぼう》の数数も、たがいの無理解ゆえに生じたこと。わたしにも寛恕《かんじょ》の心はあります。……しかし、最初の言葉だけは承服できない。わたしが殺したとは、どういう意味でしょうか？」

「それはこちらの台詞《せりふ》だ」アリーはすぐに反駁《はんばく》した。「あなたも同時に、おなじ言葉を吐いたはずだ」

「わたしがいったのは文字どおり——あなたは殺人を犯した」

「ならばこちらもおなじこと——殺人を犯したのはあなただ」

「愚かなことを」

と、シャムウーンはいった。

「いったい、わたしがだれを殺したというのです？」

「いうまでもないことだとおもいますが」

と、アリーはつきはなすようにいった。

「カーシムとホセインですか？」

しかしアリーはゆっくり首をふって、

「そのとおり、といいたいところだが、おそらくちがう」

「ほう」

「あなたが殺したのは行者ホセインだけだ。……かれを、殺しましたね」

＊

シャムウーンはやはり動揺の色をみせることなく、唇の端《はし》を歪めて、にやりと哂《わら》った。

「あなたは面白いことをいう人だ」かれはうそぶくようにいった。「……しかし、どうやら当て推量だけで話しているわけではないようだ」

「わたしは、真実を一分と違わず闡明《せんめい》する自信があります」

「真実？　わたしがホセインを殺したという真実ですか？」

アリーは黙ってうなずいた。

シャムウーンはふっと笑って、

「いいでしょう。アリーよ、あなたの考えをお聞かせねがいましょうか。——まず、ホセインを殺したのは、わたしだというのですね」

「そうです」

と、アリーはみじかく答えた。

「ならば、最初にカーシムを殺したのはだれだというのですか？　かれもまちがいなく殺されていたではないですか」

と、シャムウーンが挑むように問いかけると、アリーは表情を曇らせて答えた。

「それはおそらく、ホセインでしょう」

「ホセインが、カーシムを殺した？」

「確証はない。しかし、すくなくともあなたが殺したのではない。導師ハラカーニーでも、またわたしでもない。残るはホセインしかいない」

「歯切れが悪いですね」シャムウーンは嫌味まじりにいった。

「しかし妥当です」アリーは毅然とかえした。

「なるほど」

シャムウーンは泰然と胸を張って、いった。

「ではあなたの推理するところを聞かせていただこうか――」

かれの目は鋭い光を帯びて、アリーの口許へとそそがれていた。

アリーはその堂堂とした態度に一抹《いちまつ》の不安をおぼえながらも、語りはじめた。――

「まず、行者カーシムからはじめましょう。……想い出してください、かれの亡骸《なきがら》は穹廬の中央にころがっていた。全身に木の鞭《むち》かなにかで撻《う》たれたような傷跡があり、額には短刀が突き刺さっていた。もっとも、短刀はカーシムの死後、突き刺されたにちがいありません。すくなくとも、身体中をさんざん鞭で撻たれたあとに突き立てられたものです」

納得しかねる、といった表情のシャムウーンに、アリーは説明をくわえた。

「行者カーシムのあの死顔です。かれの表情は苦悶にみちていた。あれは苦痛に堪えかねて発露した表情。――短刀をいきなり突きたてられて絶命したなら、その死顔はむしろ瞬間的な驚愕と恐怖にみちていたはずです。苦痛をかんじる間もなく絶命したはずですから。……するとやはり、あの短刀は鞭で撻たれたあとに突き立てられたものです」

「なるほど」シャムウーンは素直に感心した。

「――行者カーシムを殺した犯人は、かれに猛烈な鞭打をくわえた。行者カーシムは齢《よわい》七十にもなんなんとする老体です。……抗うどころか、鞭を手で扞《ふせ》ぐことすらできなかった。ただ、顔を苦悶でにじませるだけで精一杯だったのです。そこで犯人は短刀をとり出し、行者カーシムの首に切りつけた。――一瞬のことでしょう。頸動脈から噴血し、すぐに失神して、絶命した。かろうじて支えていた上身も力尽き、斃《たお》れた。あとは額に短刀が突き立てられた……」

「なぜ短刀を？」

「おそらく、象徴です。つまりは装飾――偶像にすぎない。……しかしこのことはとりあえず措いておきましょう」

アリーは一呼吸ついて、話をつづけた。

「行者カーシムの亡骸を発見して、あなたが気分を悪くしたかで穹廬を出ていったあと、わたしはひとり穹廬のなかにとどまりました。なかは一見したところ、いかにもスーフィーの住まいらしく質素で、なんの変哲もありませんでした。しかしわたしはすぐに、いくつかの違和感をかんじました。――ひとつは、燭台の位置です」

　シャムウーンは眉をひそめた。

「異教徒のあなたには理解できないでしょうが」アリーはすぐに説明をくわえた。「われわれムスリムは日に五度、聖地メッカの方角へむかって礼拝をおこないます」

「識っています」シャムウーンはぽつりとそういった。

「この礼拝の方角を《キブラ》といいます。敬虔なムスリムである以上、このキブラをなおざりにすることはない。礼拝所《モスク》にもキブラをしめす壁龕《ミフラーブ》が内壁にしつらえてあります。暗くなるとふつうは、この壁龕《ミフラーブ》に蠟燭を立て、明かりを燈すのです。

――しかし、行者カーシムの穹廬のなかにあった燭台はキブラの方角になかった。そればかりか、かれの穹廬のなかにはキブラをしめすものがなにひとつなかったのです」

「カーシムは敬虔なムスリムではなかったのかもしれない」

　と、シャムウーンは皮肉めいた調子で口をはさんだ。

「異教徒の可能性も、ですね」アリーは冷静に応酬した。「しかし、ちがった。カーシムの穹廬のなかでは同時に、多くの書物が見つかりました。それもコーランやハディースばかりじゃない、『閃光の書』《キターブ・アル・ルマア》や『覆われたるものの顕現』《カシュフ・アル・マフジューブ》といった神秘家たちの著した文献群だ。こんなものを読み、もち歩く不信仰者はいない。カーシムはまがうかたなきムスリムであり、修行者《デルヴィーシュ》だったのです。

さて——キブラをしめすものはなにもない。かといってカーシムは異教徒でもない。……もっとも、かれは五十年間もここで修行をつづけてきた行者です。身体の感覚でキブラを見さだめていたのかもしれない。礼拝のときの燭台の位置を想像してみればあきらかに不自然なのですが、そうした可能性もないとはいえない。——しかし、わたしのかんじた違和感はこれだけではなかったのです」

「ほう」と、シャムウーンは興味深げな声をあげた。

「それは、カーシムの亡骸があった絨緞です。かれの亡骸の下には、大小二枚の絨椴が敷かれてあり、しかも小さい絨緞のほうが下に敷かれてあったのです」

「……しかし、それはカーシムの癖だったのかもしれない」

シャムウーンがそう口をはさむと、アリーはきっぱりと首を横にふった。

「それだけではありません。下に敷いてあった小さい絨緞は、ちょうど上に載るカーシムの亡骸のかたちに沿うように敷かれてあったのです。まるで、カーシムの身体を象《かたど》るようでした。行者カーシムが普段からそう敷いていたとは、とても考えられない。もしそうなら、かれは見えないはずの下の絨緞のかたちに合わせて斃《たお》れたことになります。――喉笛をかっ切られて、ほとんど即死だった人間にそんな芸当ができるでしょうか？　それに、なんのためにそんなことをする必要があるのでしょう？」

「偶然かもしれない」

と、シャムウーンはふたたび口をはさんだ。

「もちろんその可能性はあります。――そう、燭台の位置にしても、この絨緞にしても偶然かもしれない。偶然でないにしても、わたしにはそのとき、これらの事実がなにを意味するものか、さっぱりわからなかった」

「あなたがかんじた違和感というのは、その二つですか？」

シャムウーンがそう訊くと、アリーは、いえ、ちがいます、と首を横にふった。

「じつは、違和感、というものとはすこしちがう、不思議な感覚です。――穹廬を出ようとしたとき、わたしはなにげなしにカーシムの亡骸をかえりみたのですが、その全景になぜか、奇妙な既視感をおぼえたのです」

「既視感？」

「そう――」

アリーはゆっくりとうなずいた。

「――そうとしかいいようがない。カーシムの亡骸を、遠目で見た瞬間にはじめて気づいたのです。わたしはたしかにその景色に見おぼえがあった。……しかしまあ、これについてはあとに触れることにしましょう」

「訳がわかりませんね」シャムウーンはあきれたような口調でいった。――「あなたの並べたてる違和感とやらは、まるで意味をなしていない。はっきりいえば、自己満足でしかない。――そこから、どういった真実を明らかにできるというのか。どうして、わたしが殺人を犯したなどといえるのか」

しかしアリーは答えず、その冷ややかなまなざしをシャムウーンにむけた。シャムウーンはその視線をまったく平然として、うけた。ここに至っても、まるで動じた色がみられない。

（この堂堂とした態度はいったい……）

アリーのなかの不安が、埋火《うずみび》のように燻《くす》ぶりはじめた。

かれはその不安を表《おもて》に出さぬよう、つめたい口調をよそおって、口をひらいた。

「そうした違和感はいわば、破片なのです。それだけで真実の像をむすぶことはできない。材料が足りないのです」

「材料？」

と、シャムウーンはいぶかしげにいった。

「残りの破片と、それをむすぶ糸です。それがそろって、はじめて正しい画像がうかびあがるのです」

「それは、そろったのですか？」

「そろいました」

アリーはきっぱりといった。

「翌朝、第二の殺人――ホセインの亡骸を見たときです。もちろん、そのときはまったく気づきませんでしたが……」

あのときの《偶像》がアリーの脳裡によみがえる。――

それは、穹廬の上に高高と掲げられ、その四肢は天空に開かれた、供犠《くぎ》。

「あれはまさに、天への供犠といえるものでした。あなたの宗教でいえばさしずめ、《輝ける太陽《クワルシエード》》への供物《ミヤズダ》、でしょうか……」

「よくご存じで」シャムウーンはアリーの皮肉をつめたく受けながした。

「あの供物はまさに、正しい像をむすぶための大いなる要石だったのです」アリーは

かまわずつづけた。「なぜホセインの亡骸を穹廬の上に載せなければならなかったの
か。——その疑問はさきの違和感と重なり、交じりあって、……まさしく、すべての
鼎石（アターブ）はひとつの極点（クトウブ）へと収斂（しゅうれん）していったのです」

アリーはわざとスーフィーの語彙（ごい）を用いた。

「——なぜ燭台はキブラになかったのか。なぜ二枚の絨緞はあのように敷かれていた
のか。なぜ亡骸は穹廬の上に掲げられたのか。——これらすべての疑問をむすぶ一縷
の糸——それは、血だったのです」

「血……」

「そうです。なぜ絨緞は血まみれの亡骸に沿って二重にされていたか、なぜ血まみれ
の亡骸を穹廬の上に載せたのか。——その理由は、ひとつしかない」

アリーはシャムウーンを鋭く見やった。

「犯人は、死人の血が大地を穢（けが）すことを厭（いと）ったのだ」

*

整然と列（なら）べられた無数の蠟燭が絶え間なく光を燈し、煙を吐きつづけている。

光と熱と煙とが渾然《こんぜん》となって穹廬のなかに澱《よど》み、全身にまとわりはじめていた。

「あなた、といいかえてもいい」アリーはいった。「──あなたは、死人の、しかも異教徒である死人の血が零《お》ち、大地が穢されることを恐れたのだ。あの偶像──ホセインの亡骸は、虚空に開かれながら、そのじつは大地へとささげられた──まさしく供物だった！」

アリーはそこで息をついた。蠟燭からたなびく香煙が鼻につく。

「死人の血が大地に触れることをそこまで恐れたのは、あなたがゾロアスター教徒だからだ。わたしの家も祖父の代まではゾロアスター教徒だったから、わかる。ゾロアスター教徒は人の死を忌み、屍体を不浄のものとみなす。一方で大地には、かれらの崇拝する地霊がやどっている。──ゆえに、ゾロアスター教徒は不浄物が地霊を汚穢《おわい》することを厭い、屍体は《鳥葬》によって葬る定めになっている」

脳裡に、祖父の屍肉をついばむ、あの卑しい鳴き声と羽音の記憶がよみがえる。

鳥葬──それは、アリーの幼き心に忌まわしい記憶を刻みつけた、ゾロアスター教固有の葬儀式。

かれらは屍体を《沈黙の塔《ダフマ》》とよばれる風葬場に置いて、鳥にその屍肉をついばませる。そうすることで屍体は浄化され、死者の霊魂は無事に昇天をはたすと信じられていたのである。

《沈黙の塔《ダフマ》》の中央には巨大な石でできたくぼみがあり、ここに屍体を安置すること で大地との接触を防いでいた。また、屍体から流れでる膿《うみ》、排泄物、そして血を濾過《ろか》する装置までも完備していた。

「あの二人を、どこに葬ったのですか?」

アリーは怒気をまじえていった。

「――行者カーシムについてわたしが土葬を提案したとき、あなたは目をむいて驚いていた。そして頑迷にその葬礼からわたしを排除してしまった。……いまおもえば残念で仕方がない。行者カーシムも己が異教徒によって葬られ、あまつさえ鳥獣にその肉体をついばまれたとあっては、無念やるかたなかったろう。シャムウーンよ、あなたはやはり、行者カーシムの亡骸を《沈黙の塔《ダフマ》》に放置したのですか?」

シャムウーンはすっと首を落とし、その表情を蓋《おお》った。

しかしそこからもれ聞こえてきたのは、ふふふ、という忍び笑いであった。かれはしばらく肩を顫《ふる》わせながら、その嘲笑にも似た声をもらした。

かれはうつむいたままで、いった。

「なるほど、わたしがゾロアスター教徒《ベフディーン》であることを見破った理由は理解できた。……消去法だな。カーシムが死に、ホセインが死んだいま、わたししかいないというわけだ……」

シャムウーンは毅然と面をあげた。──その表情にもはや弛緩《しかん》したところはなかった。かれは冷然としていった。

「大地は献身の徳をつかさどる大天使《アムシャ・スプンタ》アールマティの統《す》べりし場所。──そこに邪教徒の不浄の血を流すわけにはいかない。かといって信仰を知らぬ者の屍体を《墓》《ダフマ》に葬ることもできない。カーシムもホセインも、その屍体は谷にあった巌《いわお》の上に放置しておいた。その不浄の血を大地に徹《とお》さぬようにな。……しかし、案ずることはない。《墓》《ダフマ》こそ用いなかったが、葬礼はおこなった。あの者たちの魂《ウルワン》は無事、冥府《めいふ》に架かるチンワトの橋を渡ることだろう」

シャムウーンはその目を中空にむけた。その遠く沈んだ目はまるで、天を渡る二人の魂を葬送しているかのようである。

「……正直いってわたしは異教徒などに興味はない。死ぬのも勝手だ。しかしその屍体が正しく葬られぬまま、その血や屍魔《ナス》によって悪霊《ドゥルグ》が導かれ、この聖なる大地が穢されるのだけは堪えられない。土葬などもってのほかだ」

「あなたはここでいったいなにをしていたのですか」アリーはいった。「──まさか修行ではあるまい」

「わたしはマニ僧ではない。苦行に身を傷めて、なにを得るところがあろう」

シャムウーンはそういうと、傍らの蠟燭の一本に右掌をかざした。まるで、その炎からなにか超越的な力を吸いこんでいるかのようである。

ゾロアスター教徒にとって、火《アータシュ》は生命の根源である。

一面に蠟燭が配された、火の神殿。

この穹廬はゾロアスター教徒の聖域なのだ。この空間では、己こそが異人なのだ。

──そのことをアリーはいまさらながらに想い出した。

アリーはしかし敢然と、光の中心へにじり寄った。いま、ここで退くわけにはいかない。

「二重に敷かれた絨緞と、穹廬の上に掲げられた屍体──」

アリーはふたたび光の中心──シャムウーンを見すえた。

「そこにゾロアスター教徒が関わっていることは明らかでした。そしてそれがあなたであることもまた、はっきりしていた。問題は、あなたがカーシムとホセインの二人ともを殺したのか、ということだった。

最初、わたしは当然のようにそれを疑わなかった。しかしすぐにそれが誤りであることに気づいた。誤りというよりは、やはり違和感といったほうが正しいでしょう」

シャムウーンの姿は光と煙にかすんでいる。その表情はうかがいしれない。

「もしあなたがカーシムを殺したのなら、なぜあのように殺したのかが理解できない。頸動脈を切りつければ噴血することなどわかりきっていたはずなのに、カーシムの血の処理にはまるで周到さが欠けていた。あの絨緞の二重敷きは、いかにも応急措置めいています。ホセインのときの流血対策が完璧だっただけに、それはよけい杜撰《ずさん》におもえてならないのです。――なぜホセインのときのように、屍体を穹廬の上に載せてしまわなかったのか。

考えられるのは、そのひまがなかったということです」

アリーは白濁した空気を吸った。煙で胸がつまりそうになる。

「そこで想い出されるのが、カーシムの穹廬でかんじた違和感――あの燭台の位置です。なぜ、あの燭台はキブラになかったのか。……それはこう考えるしかありません――キブラを識らぬ者が置きなおしたのだと。キブラを識らぬ者とは異教徒にほかならない。

――つまり、あなたですね」

シャムウーンは答えなかった。

「では、なぜあなたは燭台を置きなおしたのか——」アリーはつづけた。「それはもちろん、絨緞を二重に敷きなおしたときに倒してしまったからにちがいない。——たとえば、カーシムを殺したはずみで燭台が倒れたのなら、その場で立てれば元の位置にもどるはずです。キブラを大きく外《はず》れることはない。あそこまで燭台がずれるためには、絨緞をひき剝《は》がすぐらいのことをするしかありません。燭台の存在にまったく気づかないまま絨緞をひき剝がしたから、燭台はあらぬ方向にころがって、あなたはその元の位置がわからなくなってしまった。蠟燭に火がついていればその存在に気づかないこともなかったでしょう。つまり、あなたがカーシムの穹廬に入ったとき、蠟燭の炎は消えていて、そのうえで屍体の流血を確認できる光があった時間——つまり朝であったにちがいない。そこで——あえていわなかったのですが——もうひとつべつの違和感が想い出されるのです」

「べつの違和感？」と、光のなかからシャムウーンの問う声が聞こえた。

アリーはうなずいた。

「……わたしがカーシムの穹廬から出てきたとき、あなたはこう尋ねましたね。——『内から閉じられた穹廬から犯人はどうやって出たのか』と。たしかにカーシムの穹盧は内から紐で閉じられていて、わたしたちが入るときもその紐を切らざるをえなかった。あなたはそれを、いやに不可解な謎として強調していましたね。わたしにはその態度が解せなかった。わたしがあのとき出した仮説がすべて却けられたように、たしかにあの穹廬のなかから、紐がむすばれたままの帷幕をとおって外に出ることは不可能だったでしょう。しかし、実際に不可解な謎があるとすれば、《どうやって外に出たか》ではなく、《なぜ紐がむすばれていたか》なのです。なぜなら、あの状況下で穹廬から出ること自体はまったく容易なことだったからです。——

そう、穹廬を骨組ごと、もちあげて、横に倒せばいい」

アリーはぐるりを見まわした。

「伏せた椀のなかの豆を出すには、椀《わん》を除けるしかない。——あたりまえのことです。子供にだってわかる。

この穹廬は畳んでしまえば、おのおのが独力で山頂に運ぶことができるほどの、小さなものです。すこし背伸びをすれば天頂に手がとどく。そのまま力をいれてもちあげて、身体をもたれかけるようにして横に押せば、穹廬はいとも簡単に横倒しになるでしょう。——布を地面にとめる杭《くい》はあくまでも風対策にすぎないのですから。

あとはもう檻《おり》のなくなった獣《けもの》のように、自由に外に出ればいい。——もっとも穹廬はすでに構倒しになっているのですから、内も外もなかったはずですが」

アリーはそこですこし微笑をうかべた。しかしすぐに真顔《まがお》にもどって、

「問題は、どうしてそんなふうに出なければならなかったか、ということなのです」

と、いった。

シャムウーンはあいかわらず坐したままだが、その表情が若干《じゃっかん》ひきしまったように見えた。

アリーはいった。

「シャムウーン、あなたはきっと、わたしよりもさきに導師ハラカーニーの指示を拝していたのだ。そしてわたしよりさきに、カーシムの遺体を発見した。しかしそれを見てあなたが恐れたのは、カーシムの死でも見えぬ殺人者でもなく、亡骸から流れる大量の血だった。さいわいカーシムは絨緞の上に死んでいたが、全身から流出した血が絨緞を浸透して地面に達することは時間の問題だった。あなたはあわてて隅にあった礼拝用の小さい絨緞を手にとって、それを絨緞のさらに下に敷こうと考えた。すでに床に敷かれていた絨緞には充分な血が沁みこんでいたから、屍体のすぐ下に敷くのでは無意味だとかんじたのでしょう。

しかし、老体とはいえ人間ひとりの屍体を載せたまま、その絨緞をめくりあげて、

屍体のかたちに沿ってもう一枚絨緞を敷くなど、この狭い穹廬のなかでおこなうには、あまりに困難な作業だった」

行者がひとりで山頂に運ぶことのできる穹廬。

二三人入れば息苦しいほどの穹廬。――

「そこであなたは、邪魔な穹廬をまるごと除けてしまうことをおもいついた。作業自体はさっきもいったように非常に簡単です。なかから骨組をもちあげて、覆いの布ごと横に倒してしまえばいい。……このやりかたの便のいいところは、あとでまた穹廬を建てるのにそれほど手間がかからない、というところです。骨組が崩れませんからね。

――さて、穹廬が倒れて野天になった。あなたはカーシムの亡骸の載る絨緞を横に除けました。しかしそのとき、屍体に気をとられて見のがしていた燭台がひっくりかえって、とんでもない方向にころがっていったのでしょう。あなたはそんなことにも気づかず、地面に礼拝用の小さい絨緞を敷いて、その位置に屍体がくるように、除けた絨緞をふたたび上に敷いたのです。これで屍体の部分はちょうど二重になりました。あとは穹廬をもどせばいい。椀を伏せるように、倒れた穹廬を立てて、元の位置にもどした。わたしが見たとき幕に乱れはなかったから、おそらく骨組だけをさきに立てて、そのあとで布をかぶせたのでしょう。あとは杭を打ちなおせば終わりです。……そうそう、穹廬を建てなおすまえに、燭台や書籍をもどしたのですね。しかしあなたはキブラのことなど識らなかったから、燭台は適当な位置に置かれてしまったのです――」

シャムウーンはすっかり真剣な表情になって、アリーのほうを見つめていた。

「では、紐はいつ、なぜ、むすばれたのかということですが、これはすこし難しい問題です」アリーはいった。――「まずカーシムの穹廬のなかに入って、その亡骸を見つけた直後に、自分が犯人と思われたくなかったから閉じたのかもしれない。あるいは穹廬を建てなおすときに、布をかぶせやすいように紐をむすんだのかもしれない。……しかし、おそらくは事の露見を恐れて、闖入者《ちんにゅうしゃ》を防ぐためだったのではありませんか？　隠遁の行者が、その穹廬の入口を開放したままでいるという状況はじつに不自然ですからね。……だからこそあなたは、紐で内から閉じられているのが判るとすぐに、修行の邪魔をしてはいけないといって立ち去ろうとした。結局カーシムの他殺死が露見してしまうと、あなたはその密室状況の不自然さを逆手にとって、まるでべつに殺人者がいるようなことをいって、わたしにその考えを強要しようとした。わたしが今度の殺人において、導師ハラカーニーの犯行の可能性を最後まで棄てきれなかったのは、いまおもえば、あなたのその不可能性の示唆《しさ》にあったのです。わたしは正直、導師の超越的な能力による犯行という可能性をずっと棄てきれなかったのです。……あなたは、導師にたいする忠誠心を見せながら、そのじつ導師を身代わりにしようとした――」

「それはちがう」

シャムウーンは強い口調でそういった。それはひさびさに聞く、かれの声だった。

「――なるほど、豪語するだけはあって、あきれるほどに見事な推理だ。まるで見てきたようにいう。……そう、たしかにわたしは、あなたよりさきにカーシムの骸を見つけた」

シャムウーンはあっさりと告白した。

「絨緞を敷いたのも、たしかにわたしだ。――あの穢らわしい血を大地に流されてはたまらないからな。紐をむすんだのも、あなたのいったとおりだ。血の始末はしたが、そのことでわたしの犯行と疑われたくなかったからな。しかしまさか、あの燭台の位置でここまでいい当てられるとは、思ってもみなかったが。……ただし、わたしはべつに師を身代わりにしようとしたおぼえはない。自らの行為を隠そうという意志こそあったが、べつに師の犯行を示唆する意図での発言ではない。あなたの想像は妄想にすぎない」

アリーは素直にうなずいた。

「そうかもしれません。すこし想像が勝ちすぎていました」

「ところで、いままでのあなたの推理は理解できた」シャムウーンはいった。「しかし、あなたはたしか、カーシムを殺したのはホセインだといったはずだ。……それについてはまだ聞かせてもらっていないが？」

「それをはっきりさせるためには、ホセインの死について語らねばなりません。──つまり、ホセインを殺したのは、あなただということを」

アリーはつめたくそういい放った。

シャムウーンは光のなかでにやりと笑った──ように見えた。

「……また、想像が勝ちすぎているのではないのかな。……まあ、いい。ぜひ聞かせてもらおうか、ホセインの死を、わたしの犯行とやらを」

アリーはそれをうけて、大きく息を吸いこんだ。

香煙の独特の匂いが身体に浸透してゆく。

＊

「カーシムとホセイン――二人の殺人において、最大の相違点はその一貫性、完全性にあります。前者の、カーシムの殺人においてその一貫性が欠如していたことは、あなたも認めるところです。つまり二人の人間がそれぞれの意志で関わってしまったことで産まれてしまった分裂です。しかし、ホセインの殺人においては、そうした分裂はかんじなかった。完全だったのです」

煙霧は一段とその濃度を増していた。その霧のなかで、無数の蠟燭の光が星のように燈り、その光芒が霧で複雑に乱反射して、視界のいたるところで爆《は》ぜるように瞬いた。

この霧の聖域の中心には、世界を統《す》べるかのように泰然と坐す神官の姿があった。

アリーはその神官――シャムウーンにむかって語りつづけた。

「ホセインの殺人に一貫していたのは、徹底した出血にたいする処理です。そしてそれは、完璧なまでに達成されていました。

まず犯人はホセインの頸動脈を切断した。犯人はそのとき、噴血を恐れて創傷部に

《布のようなもの》をあてがったのです。だから遺体の左頸部には血がにじんだ赤斑模様がうかんでいた。ふつうに切っただけなら、流線だったはずです。さらに、穹廬のなかにも血痕が不自然なほど見あたらなかった。唯一みつけたのが、礼拝用の絨緞の上です。こぼれてしまったのかもしれません。しかしわたしは、遺体をあの絨緞にくるんで運んだために付着した血痕と考えています。証拠はありませんがね。……まあ、どちらにせよ遺体は穹廬の上に載せられたわけです。では、なぜ、そんな面倒なことをしたのか？——それはもちろん、遺体の血を大地に接触させないためです。ほかにどんな理由があるでしょうか」

アリーは挑むようにシャムウーンを見た。

「あなたは二つの失敗をおかした。第一に、礼拝用の絨緞を元の位置にもどすときに、ミフラーブ紋を逆方向に置いてしまった。——模様入りの礼拝用絨緞には、キブラをしめすミフラーブ紋というのが編まれていましてね、ムスリムならばこれを違えるはずがない。……ところが、ホセインの穹廬のなかにあったそれは、まったく逆方向をむいていました。ホセインは導師ハラカーニーも認めるシーア宗徒です。ミフラーブ紋を識らぬはずがない。このことは犯人が異教徒で、しかも絨緞を犯行に使用したことをしめしています。

第二に、ホセインの噴血を抑えるために、書《コーラン》の紙を破り裂いたことです。いうまでもないことですが、ムスリムがそんなことをするわけがない。……愚かだ。冒瀆だ。信じがたい行為です……」

アリーは声を顫わせた。

「大地に血がこぼれることを極度に恐れ、ミフラーブ紋を違え、書《コーラン》を血で染めた。――この犯人は、ゾロアスター教徒以外のなにものでもない。そしてここにゾロアスター教徒は、あなたしかいないのです」

アリーは敢然といい放った。

「――あなたが、ホセインを殺したのですね」

間があった。

しばらくして、シャムウーンは喝采《かっさい》とばかりに手を拍《う》った。

「すばらしい！」その声に皮肉な調子はなかった。「あらためていいますが、讃歎すべき推理力だ。あなたはきっと伝承者の家系に生まれたにちがいない。まったく微細な証拠をもとにそこまで物語を紡《つむ》ぎあげる能力は、そうそう見られたものじゃない」

「では、認めるのですか」

と、アリーが訊いた。

「認める？」シャムウーンは眉をつりあげた。そしてしばらく黙考したが、やがて一語一語を咀嚼《そしやく》するように、ゆっくりといった。

「ひとつ、訊きたいことがある」

「なんでしょうか？」

「ホセインは、なぜカーシムを殺したのだろうか？」シャムウーンの表情は不気味なほど冷静である。「……そして、わたしは、なぜホセインを殺さなければならなかったのだろうか？」

「それは……」

アリーは言葉につまった。それこそが唯一わからなかったことであった。

「それは――なんですか？」

と、シャムウーンはアリーの表情をうかがうように尋ねた。

「……それは、正直わかりません」

アリーは素直に認めた。

「――カーシムとホセインについては、その生きている姿さえ見ることができなかったのです。ひょっとするとかれらのあいだに、個人的ないさかいがあったのかもしれない。……いまとなってはもう、想像するしかありません」

「では、なぜ、わたしはホセインを殺したのだろうか？」

シャムウーンはふたたびそう訊いた。アリーはおずおずと答えを口にした。

「……それは、おそらく異教徒だからではないのだろうか？」

「はあ！」

シャムウーンは声をあげた。

「――これは馬鹿なことをいう。異教徒だから殺したというのか。そんなことなら、まず目のまえにいるあなたを殺しているだろう――こいつでね」

そういってかれは腰にさしてあった短刀をしめした。いつかカーシムの穹廬に侵入するとき借りたものだ。

「それに、異教徒だからと殺人をくりかえすならば、いくら殺しても殺し足りないだろう。そもそもこんなマニ僧院まがいの山にいることはない。すぐにムスリムの村にでも下りて、井戸に毒を入れ、村人に彎刀《わんとう》をふりまわしている」

それは、そのとおりである――アリーも認めざるをえない。しかし、

「……しかし、動機というのはあまねく私的なものです」アリーは力なくも反論した。――「わたしは生前のホセインを知らなければ、かれとあなたとのあいだにどん

な関係があったのかも知らない」

「わたしも生前のホセインと会ったことはない——そういったはずだが。……それとも、わたしの言葉を信じていただけなかったのかな」

「いや」アリーは首を横にふった。——「そうなのかもしれません。……いずれにせよ、どれだけ情報があたえられようとも、結局憶測だけで動機をさぐることはできません。どこまでいっても、邪推にすぎなくなる」

するとシャムウーンは顔を歪め、不気味な微笑をうかべた。

「——ならば、あなたのさきの推理も、邪推にすぎない」

「馬鹿な」

アリーはおもわず語気を強めた。

「わたしの推理は邪推などではない。あなたも認めたように、確固たる証拠にもとづいた、完全な推理です。——いったでしょう、わたしは真実を一分《いちぶ》と違《たが》わず闡明《せんめい》した自信があります」

「確固たる証拠。……ひどく一面的な気がするが」

「馬鹿な」アリーはくりかえした。「——キブラを逸した燭台、二重の絨緞、そして穹廬に掲げられた屍体。——これらはあきらかにゾロアスター教徒が関与していたことをしめしています。そして、ゾロアスター教徒はあなたしかいない。……しかし、カーシムの殺人には、ホセインの殺人のときのような、統一した意志をかんじなかった」

「だから、ホセインが殺したと？」

シャムウーンは馬鹿にしたような口調でそういった。

「たしかに、ホセインの犯行については、……確たる証拠は、欠けています」

アリーは歯がみしていった。

「──しかし、傍証はあります。おぼえていますか、わたしは行者カーシムの亡骸を見たとき、ある違和感をおぼえました」

「ああ」シャムウーンは記憶をたどるように、──「既視感、か」

「そう、既視感です。……なぜでしょうか。全身を鞭撻たれ、額を短刀で傷つけられた老人の亡骸に、既視感をかんじたのです。そして、かれの死に、わたしはなぜか《歓び》を見取ったのです」

「歓び？」シャムウーンはいぶかしげに尋いた。

「そう。──気づいたのです。カーシムの亡骸には《歓び》が強要されていた。あの殺人は《イード》だったんです。まさに、偶像だ」

「すまないが、はっきりいってもらおう」シャムウーンはいらだたしげにいった。

――「祭《イード》とはなんだ？」

「《祭《イード》》は、《祭《イード》》です。ご存じかどうかは知りませんが、シーア宗徒のなかには殉教の第三代指導者《イマーム》《ホセイン》の死を悼《いた》み、自傷行為をおこなう人びとがあるのです。

――わたしの父親はシーア宗徒だったが、父親の友人の村にあった祭です。その殉難祭《タアズイーエ》で、村人は己の身体を鞭撻って、額を傷つけて、己を殉教の指導者《イマーム》に模して、その苦痛を分かちあうのです。指導者《イマーム》ホセインとこの山のシーア宗徒・ホセイン――この二人の名前が偶然に一致していることは、まさに天の配剤というべきでしょう。

――いや、シーア宗徒だからこそホセインは《ホセイン》の名を得たのでしょうが」

そういえばアリーの名も、初代指導者《イマーム》にちなんでつけられたものである。

「つまり……」シャムウーンは顔をしかめながらいった。――「ホセインはカーシムをその殉教者に擬《ぎ》したということか。そして、それこそが殺人の目的だったとあなたはいいたいわけか」

「そうです」

「まさに邪推だ」

シャムウーンはきびしく非難した。

「たとえホセインがその殉教者を祭る習俗をもっていたとしても、それをどうしてカーシムに仮託する必要がある？」

「ちがう、仮託などしていない」アリーは答えた。「くりかえしますが、これは傍証なのです。誤解をまねいたかもしれませんが、わたしも、ホセインがカーシムを祭るために殺したとは思わない。ホセインにはカーシムを殺すべつの動機があった。それは個人的なものだったのでしょう、いまとなっては想像もできない。……重要なのは、ホセインはカーシムを憎しみをもって殺したのではない、ということです。《祭》《イード》とはすなわち最大級の敬意。ホセインはカーシムを傷めることによって、このうえない敬意をしめし、祭ったのです――」

しかし、シャムウーンは聞く耳もたぬとばかりに強い調子で、

「おなじだ。所詮邪推の域を出ない。――あなたの推理や闡明とやらを、わたしは到底受け容れられない」

アリーは即座に反論した。

「愚かな。わたしの推理をおいて、真実をあきらかにすることはできません。わずかの瑕疵《かし》ごときで、否定できるものではないのです。それとも、あなたはこれに代わる推理を提示できるのですか？」

そういった瞬間、アリーは想い出した。

——あなたが、殺したのですね。

アリーがこの穹廬に闖入したとき、シャムウーンはたしかに、アリーにたいしてそういったのだ。

「そんな馬鹿な」アリーはひとり狼狽した。——「まさかあなたは、まだ、わたしが殺したなどと考えているのではないでしょうね」

しかしシャムウーンは微笑をたたえて、いった。

「そのとおり——」かれはゆっくりした動作で右膝を立てた。——「あなたの推理とやらはひどく一面的だ。とても認めることはできない。——カーシムとホセインを殺したのは、あなただ」

「馬鹿な……」

アリーは半ばあきれ声で、いった。

「それこそ、なんの根拠もない。理由もない！　どうしてわたしがあの二人を殺さなければならないのですか？」

「根拠なら、ある」

シャムウーンは右膝に重心を乗せ、寂《しず》かにいった。

「カーシムもホセインも、おまえがここに来て、死んだのだ」

そして、シャムウーンはおもむろに立ちあがった。

その動きにあわせるように、穹廬中の蠟燭の火が一斉にゆらいだ。


ちがう。――

万燈の光を下から浴びながら、アリーは慄然《りつぜん》とした。

この男は、シャムウーンなどではない。――

アリーはようやく、気づいた。

どうして、いままで気づかなかったのだろう。

はじめから、ちがっていたではないか。

この男は今朝までの、あの臆したシャムウーンなどではない。

まったくちがう。中身が完全に入れ替わっている。

この男はいったい、だれだ――？

目のまえの、シャムウーンの姿をした男はゆっくりと、しかしはっきりとした口調で、いった。

「おまえがここに来たために、二人は死んだのだ」

＊

小指が、顫えていた。左手の小指である。

目のまえには、シャムウーンだった男が立っている。

そこにはもはや、今朝までの臆した男の影はなかった。

アリーは畏怖をおぼえた。

シャムウーンの姿をした男は、つづけて語った。

「おまえがここへ来たとたんに、事件ははじまったのだ。裏をかえせば、おまえが来なければ、事件はおこらなかった。二人は死ななかった——」

すべての燈火は火勢を得て、のびあがるように燃えていた。

「つまり、おまえが二人を殺したのだ」

男は、はっきりとそういった。

白煙が大地に沈澱し、雲上にいるような幻覚をあたえる。

「それは、偶然にすぎない……」

アリーは喉の奥からしぼりだすように、いった。

「……わたしがここに来たのと、二人の死の時期が連続したのは、偶然以外のなにものでもない」

「それはもう、苦しい言い訳にしか聞こえないが」

「どうしてわたしが二人を殺さなければならないのです？」アリーは声を荒らげた。

「――二人はまったく見ず知らずの人間。わたしがはじめて会ったときには、二人ともすでに屍体だったのです」

「なぜ殺したかだと？　そんなことはおまえが一番よく知っているはずだ。お、お、おまえ以外には知りえないのだからな」

男はそういって、アリーの反駁《はんばく》を却《しりぞ》けた。

しかしアリーも、こんなことで引きさがるわけにはいかない。

「詭弁《きべん》だ――」

大声でそう叫んだ。しかし、声はかすれていた。煙で喉を痛めたのかもしれない。

「あの燭台の位置はどうなる？　二重に敷かれた絨緞は？　なぜ屍体は空に掲げられ

た？　――わたしを殺人者などというのなら、それらを理路整然と説明してみてください」

「魯かな」男はぽつりといった。「――そんなものどこにある？」

「なに？」

「いいなおそうか、――そんなもの、おまえの幻覚ではないのか？」

「馬鹿な――」

外に出て、見てみるがいい、キブラを逸した燭台も、二重の絨緞も、屍体の載った穹廬も、幻覚などではな――

そういおうとして、アリーは絶句した。

そんなものは、もうないのだ。

ほかならぬシャムウーンがすべて片づけたのだ。

「――まさか、あなたは」

シャムウーンは、証拠湮滅《いんめつ》のためにひとりで埋葬したのか？

しかしシャムウーンは、シャムウーンの姿をした男は口許に微笑をたたえ、それを否定した。

「それこそ邪推だ。……しかしたしかに、シャムウーンがいまおまえの列べたてた証拠のほとんどに見覚えはないといっても、否定はできまい。穹廬に載せられたホセインの屍体をのぞいてはな」

アリーの胸に動悸の音が鼓をうつように烈しく響いた。いまにも心臓が口から飛びだしてきそうである。

（……からかわれたのか）

立場は完全に逆転していた。男の《気》が理屈や常識を越えて、アリーを圧倒していた。どうしようもない無力感が全身をつつむ。

息が苦しくなる。しゃべるたびに、喉の奥に刃物で引き裂かれたような痛みが走る。

男は白い光と煙のなかに、白衣の姿で直立していた。

男と世界の境界がだんだんと曖昧になってゆく。

まるで夢でみる風景のように蒙昧《もうまい》とかすんでゆく。

（まずい――）

このままでは、呑みこまれてしまう――アリーは目を醒ました。

白衣の男は、あわれむような目をした。

「おまえの推理には、致命的な欠陥がある」

目醒めたアリーをふたたび睡魔がおそう。今度はアリーにも、それが睡魔であることがはっきりわかった。——まぶたがこわばる。頭のなかに、なにかがとろけて、とろんと溶けだしてゆくような感覚がもたげてくる。

「——たしかにカーシムの殺害にはゾロアスター教徒の関与があり、それはシャムウーンの仕業だったのだろう。たしかに、見事な推理だった。そして、その《血の処理》に徹底性が欠けていることから、殺害者はほかにいることを見抜いた。そこでおまえは、シャムウーンではない以上、その殺害者はホセインにちがいない、と考えた。消去法というわけだ……」

まさしくそのとおりである——ぎりぎりのところで覚醒をたもちながら、アリーは思った。

「しかし、その消去法は成立していない。なぜなら、決定的な選択肢がはじめから抜け落ちていたからだ。——アリー、おまえが犯人だという選択肢がな」

「そんな、馬鹿な——」

アリーは叫んだ。声はかすれた。喉が焼けるように痛い。

「——わたしが殺していないことは、わたしが知っているんだ。これほどたしかなことがあろうか」

白衣の男はいった。

「おまえのその自信は、己の軀が絶対に己の統御下にあるという確信によって支えられているのだ。しかし、そんなものは妄念にすぎない」

「ひどい虚言だ。己の身体は己のものに決まっている。わたしの行動はすべて、わたしの記憶のなかに刻まれている。わたしがカーシムを殺したというなら、いつ殺したというのです？　いつわたしが、わたしの記憶を外れて、殺人を犯したというのですか」

「自分でいったではないか。シャムウーンは早朝にカーシムの穹廬を倒して、その屍体の下に絨緞を二重に敷いたのだろう？　ならば、そのさらにまえ——夜と朝が溶けあう時間——黎明《れいめい》だ」

「それなら、わたしの記憶ははっきりしている。その時間は——」

「ちがう。おまえのその時間の記憶は欠落しているはずだ」

白衣の男は、アリーの記憶をその掌に載せているかのように、左手をかれの目のまえに掲げた。

「おまえは目醒めて、あわててカーシムの穹廬に駆けつけた。そのときシャムウーンはすでに作業を終えたあとだ。

さあ、おまえは、朝と夜——光と闇が溶けあう渾沌の時間に、どこにいた？　おまえは夜に導師ハラカーニーの教えを聴き、目醒めたときには朝だったはずだ」

（ああ——）

アリーは卒倒しそうになった。

そうだ、欠落している。——導師の声を聴き、蠟燭が消えたとき、気づいたらもう朝だったのだ。目醒めたとき、目のまえにあった時間は朝だったのだ。蠟燭が消えてから、朝に至るまでの時間が欠け落ちている。空白の時間が、記憶を逸脱した時間が、己が己の統御下を離れた時間が。——

「いうまでもないが、ホセインが死んだ日も——今朝だな——おなじだったはずだ。おまえの時間は完全に欠落していた」

「……そんな、」アリーはあえいだ。「そんな、馬鹿な話が、あるはずがない。——そう、ホセインの噴血の始末——あれはどう説明するのです？　どうしてわたしがホセインを殺したうえに、その噴血を恐れ、抑えなければならなかったのです？　わたしは血が大地にしたたり落ちても、なんの不都合もな——」

「あの亡骸が《供犠》であることは、おまえも気づいているはずだ」

男はアリーの言葉をさえぎるようにいった。

「供犠は屠《ほふ》らなければならない。つまり、慈悲をかけてやらねばならない。だからおまえは頸動脈を一閃し、その傷口を抑え、流血を防いだ。おまえは《噴血》ではなく、《流血》を抑えたかったのだ。

——もはや説明するまでもなかろう。ムスリムが屠畜において供犠に流血させることは、書《コーラン》にも禁じられていることだ。おまえのいう噴血を抑えた痕跡とは、ムスリムであるおまえ自身の犯行を示唆するものにほかならない」

「ば、馬鹿な。どうしてわたしが、流血を抑えるにしても、コーランを破り裂いて、血に染めるようなまねをしなければならな——」

「おまえは、物質としての書《コーラン》を認められなかったのだ。属性《シファート》でありながら、神《ザート》そのもののごとく言葉を騙る書物の存在を許せず、憎み、汚そうとしたのではないのか。——それとも、」

男は蔑むような目で、アリーを見た。

「……それとも、おまえは誘惑に克《か》てなかったのではないのか？　書《コーラン》を血染めにする誘惑に、その背教的な美しさに、おまえは克てなかったのではないのか？」

「う、うう……」

アリーは唸った。男のいうとおりである。神の本質《ザート》も属性《シファート》も関係ない。かれはたしかに、かんじたのだ。ホセインの血に染まったコーランの聖句を見て、美しい——と。

もはやかれは、壊れはじめている自分に気づいていた。自らの手を離れていく自分をかんじはじめていた。

もはや、かれは、

「——もはや、おまえはおまえを証しきれない」

男はつめたく、いい放った。

圧倒的な脱力感が身体を襲った。それは、もはやこの肉体を律しきれぬ自我の悲鳴であった。

小指の顫えが左手全体に伝っていた。身体が己から遊離をはじめている。

わたしが、わたしが殺したのか。——

そしてわたしは、それを知らないままに、自分がしたことも知らないままに、推理だ真実だなどとくりかえしていたのか。

「わたしが、——」

もはや訊くしかなかった。

この男は——すべてを知っている。

「やはり、わたしが殺したのか?」

「そうだ」

「わたしは、カーシムを殺したのか？」

「そうだ」

「わたしは、ホセインを殺したのか？」

「そうだ」

「なぜだ！」アリーは渾身の力で叫んだ。――「なぜわたしが見知らぬ人間を殺さなければならない？　なぜわたしが、」

「見知らぬ人間ではない。あの二人はおまえが生んだのだ。だから殺さなければならなかった」

「訳がわからないことをいうな！」

アリーは泣きだしそうだった。いや、泣いてしまいたかった。しかし涙など一滴も流れてくれなかった。身体はもう、かれの思いどおりになど働いてくれなかった。

「ホセインは、本当にカーシムを殺さなかったのか？」

「いや、ホセインはカーシムを殺した」

男は信じられない答えをかえした。

「では、シャムウーンは、ホセインを殺さなかったのか？」

「いや、シャムウーンはホセインを殺した」

「馬鹿な」アリーは唸った。――「では、二人を殺したのはわたしではないのか？」

「いや、おまえは二人を殺した」

「それでは、」

「まだわからないのか」

男は子供を叱るように、いった。

「アリーも、ホセインも、シャムウーンも、そしてカーシムも、みな犯人なのだ。みな、だれかを殺しているのだ」

「そんな――」

そんなことがあるだろうか。カーシムはホセインに、ホセインはシャムウーンに殺され、同時にアリーにも殺された。――

「おまえの推理や闡明とやらは、無数にある蓋然性《がいぜん》の糸の束から選《よ》られた一縷《いちる》にすぎない」

白衣の男は冷然といった。

「それとも、おまえは神《ハック》にでもなったつもりでいたのか？　世界がおまえのおもうままに創造され、おまえのおもうままに回るとでもおもっていたのか？」

穹廬のなかは霧につつまれ、神官の遺した火陣の宇宙も沈澱する煙のなかに埋没しようとしていた。

すべての秩序も、すべての原理も失われようとしている。

世界は渾沌より生まれ、渾沌のなかに消えてゆく。

最後に残されたのは、――

「アリーよ」

言葉だった。

「――アリーよ、さあ、どうする。おまえは、おまえが手がかりとしていたものを、すべて喪失してしまった。おまえはもはや、むなしく生を重ねるだけの木偶《でく》にすぎない」

そういって、白衣の男はアリーに一歩近づいた。

「おまえにはもう、往く道も帰る道もない」

男は一歩近よる。

「すべて、おまえがその手で閉ざしたのだ」

また一歩近よる。

「ひとつ――」アリーはいった。「ひとつ、訊きたいことがある」

白衣の男は、さきを促すように歩みをとめた。

アリーはいった。

「さっき、あなたは、こういった。――カーシムとホセインはわたしが生んだものだ、だから殺さねばならなかったのだ、と」

男はこくりとうなずいた。

「それはどういう意味なのだろう？　なにかの譬えだろうか？」

「譬えなどではない。そのままの意味だ……」男は答えた。「かれらはおまえの妄念から生まれたのだ。おまえのなかにいたのだ。だから、殺さなければならなかった」

「では、シャムウーンは？　かれはいったい、なんだったのだ？」

「あれもおなじだ。おまえから生まれた。……しかし同時に、器《うつわ》でもあった」

「器？」

「形《スーラ》といってもいい。やつの言葉を借りれば《形相《ゲーティーグ》》というところだ」

シャムウーンの姿をした男は、そう答えた。

《形相《ゲーティーグ》》とは《精神《メーノーグ》》にたいするゾロアスター教の根本概念である。

しかし、もはや、そんな言葉はうとましい。

「ならば――」

アリーはかすれた声でいった。

「おまえはだれだ」

すると白衣の男は、にやりと笑った。

アリーは問うた。

「おまえは、カーシムか？」

「ちがう」

「おまえは、ホセインか？」

「ちがう」

「おまえは、シャムウーンか？」

「ちがう」

「おまえは、導師ハラカーニーか？」

「ちがう」

「おまえは、あの沙漠で逢ったスーフィーか？」

「ちがう――」

男はその白衣を翻《ひるがえ》した。風が、穹廬のなかを渦巻く。

「わたしは――」

風にあおられた無数の燈火が烈しく明滅する。

「わたしは、無化し、還元され、滅却した者――」

光が熱が煙が、乱れ、混じりあい、

「いかなる跡も軀も名も徴《しるし》もなき者――」

世界が融けてゆく。――


「火蛾だ」


白衣の男はふたたび、にじり寄った。

頭は鈍器でなぐられたように、重い痛みが響いていた。

朦朧とする。汗がにじむ。動悸が激しくなる。

白衣の男はさらに接近する。
吐き気がする。喉が焼ける。呼吸が苦しくなる。
白衣の男はさらに接近する。

ちがう。――

目のまえにいるのは蛾ではない。
人間だ。

そう。
この人間は、言葉ばかりを列べ立てる、

師だ。

白衣の男の姿が迫る。
視界に白い世界が拡がる。――白い煙霧。白い光。白い衣。

白衣の男の白い顔が接近する。その双眸《そうぼう》は大きく見瞠《みひら》かれていた。青みがかった、深い黒の色をたたえている。その表面は朝の湖のようにみずみずしく輝いていた。奈落の底にまでつづくような深奥で透徹とした黒が、瞳の奥で青い光を帯びている。その小さく青い光をたたえた鏡面に、人影が映った。その影はしだいに大きくなり、黒い瞳いっぱいに拡がってゆく。影の輪郭と陰翳とが明確になり、そこに男の姿を描きはじめた。それはうす汚れた粗衣をまとう、髭面の行者の姿である。わたしだった。憔悴した表情のわたしが、白衣の男の瞳に映しだされていた。瞳のなかのわたしは凝然とこちらを見つめている。瞳のなかのわたしは疲れた顔でわたしを見つめている。白衣の男はなおも接近し、男の瞳もまた接近する。そして男の瞳に映るわたしもまた、接近する。瞳のなかのわたしの表情はいよいよはっきりと映っていた。疲れた表情をしている、痩せこけている、伸びるにまかせた髭が見苦しい。寂しい瞳をしている。瞳のなかに映るわたしは、寂しい瞳をしている。ひどく寂しい瞳だ。白衣の男はなおも接近する。男の瞳は接近する。男の瞳はなおも接近する。男の鼻がわたしの鼻先に触れる。男の黒い瞳が目のまえに拡がる。——

「うっ」

——うめき声とともに、男の顔から、色がすっと消えた。

目のまえにいたのは、シャムウーンだった。
男は、シャムウーンになっていた。

「――――」

シャムウーンの口から空気が洩れた、そのとき。
その身体が、がくん、と仰向けに崩れた。
腰を支点にして、ぐにゃりと〝く〟の字に折れ枉《ま》がった。
アリーは、ゆっくりと、視点を下ろしていった。
シャムウーンの左胸には、短刀が突き立てられていた。
そして、その短刀を、顫える手でにぎっていたのは、
アリー自身だった。
シャムウーンの腰には、短刀の鞘だけがささっている。
アリーは、その中身を抜き取って、そして、それを、

シャムウーンの心臓に突き刺していたのだ。

白衣の胸の部分がみるみる赤に染まる。
それは、血色。——やはり、

やはり、わたしが殺したのか。——

すりぬけるように、両手から短刀が離れた。
支えを失ったシャムウーンの身体は、一度ぐらりとゆらぐと、
天を仰いだまま、ゆっくりと、落下をはじめた。

——正義《アシャ》は善きもの、最善なるもの
光輝なるもの、存るための光輝
最善なる正義がため、正義あり

白衣の神官は、最後の呪言《マンスラ》を吐いた。

それは、悔悛《かいしゅん》の呪言。アシュム・ウォフー呪。

男の身体は落下をつづける。

かれの安らかな表情が、煙霧のなかに沈もうとしている。

そのとき、アリーの目に、はっきりと見えた。

かれの瞳に、涙があふれ、流れ、零《お》ちたのだ。――

アリーは、ひどくねたましい気がした。


男の身体は、はずみをつけて、絨緞の上に着地した。

風がわき立つ。

沈澱していた煙があおられると、波紋のように幾重もの円を描いて、穹廬のなかに氾《ひろ》がっていった。――


白い津波が、無数の蠟燭に襲いかかる。

蠟燭は、悲鳴をあげるように烈しく明滅すると、すぐに力尽き、その光を――その生命をうしなっていった。

一本、二本、……まるで時間がその歩みをとめてしまったかのように、蠟燭たちが一本ずつその命を失ってゆくさまが、まざまざと見てとれた。

そして、七十七本目の蠟燭がその光を絶やそうとするとき、ついにその聖殿は最後の明かりを失おうとしていた。

七十七——宗祖ゾロアスターの命数をあたえられたその燈火は、あえぐように瞬きながら、死にゆく白衣の神官をやさしく照らしていた。

そう、白衣の男はまだ生きていた。——

男は、最後の力を尽くして、その右腕を中空に掲げた。

そして、なにかの力をアリーに解き放つかのように、その拳をひらいた。

その掌には、白斑の瘢《きず》があった。

男の右腕は、力尽き地に落ちた。

そして、絶命した。

その瞬間。——

最後の明かりを燈していた蠟燭が、突然巨大な火焰を吐いた。

それに呼応するように、アリーの全身ががたがたと顫えはじめた。

猛烈な揺れである。抑えきれない、律しきれない——すべての筋肉がそれぞれ意志をもち、己をふるい落とそうとするように、顫動《せんどう》しはじめた。腕が顫える、肩が顫える、首が顫える、顔面の筋肉も顫え、眼球までもが顫えはじめる。腰が顫え、脚が顫え、膝ががくがくと骨をきしませながら顫えた。いや、骨も顫えていた。

もはや、身体を支えきれない。……

骨が顫える。臓腑《ぞうふ》も顫える。口から耳から振動音がもれだす。

ああぁ。……

この顫動は、自我の最後の叫び。肉体から解き放たれる自我の呻吟《しんぎん》。——

顫えがとまらない。身体に意志が伝わらない。

肉体は完全に、自我から分離をはじめようとしている。——

全身に信じがたい激痛が襲う。あまりの苦痛に顔が歪む。それは自我の、肉体の統御をあきらめきれぬ自我の最後のあがきであった。

しかし、その苦痛さえも、次第にうしなわれてゆく。——

ああ、あああ。……

腕や脚のさきはもう石化してしまったかのように、感覚がなかった。歯をくいしばろうにも、身体はもう動かない。動いても、わからない。喪失してゆく。すべての感覚を、形相を、世界を、世界を、喪失してゆく。――

あ、あああ、あ、ああ、ああああああ。……

なぜ、わたしの身体が、わたしのものが、わたしから離れてゆく？
このままわたしは、すべてを喪失するのか？
世界がこの手から、砂のように、こぼれ落ちてゆくのか？
わたしはこのまま消えてゆくのか？
わたしは、涙も流せずに消えてゆくのか？
なぜ、わたしはこんな目に遭わなくてはならない？
この、物語は。――
この馬鹿げた《物語》は、どこからはじまったのだ――？

老師が、巡礼に行けと命じたのだ。その途中で、駱駝を御す聖者に呼びとめられたのだ。この山に至って、導師ハラカーニーに師事したのだ。――

導師？　導師は、

導師ハラカーニーは、どこにいる？……

蠟燭が、燃えている。

そう――導師はいつも穹廬の外に立って、影だけを見せていた。

手前に蠟燭が燃えていて、それを隔てた天幕に影が映っていたのである。

影。――

導師は穹廬の外に立っていた。わたしは穹廬の内から、その影を視ていた。

蠟燭は、わたしの目のまえにあった。光源は内にあったのだ。

なのに、なぜ影が映る？

光源のもとにいる人間に、どうして外にいる人間の影が視えるのだ？

ああ。――

どうして、どうして、そんなことに気づかなかったのだ。
わたしは、なにを見ていたのだ？
わたしは、なにの影を見ていたのだ？
幻影——すべては幻影だったのか。
この世界に、わたしの手にできるものなど、最初からなかったのか——？

すると、目のまえを、黒い影が横ぎった。
それは、掌ほどの、一羽の、蛾。
わたしは力尽き、崩れるように膝をついた。
蛾は、その光に誘われるように、蠟燭の燈火にその身を投じた。
そして、その身を、その翅を、炎に灼《や》いた。
鱗粉が火の粉となって中空を舞い、顔にふりかかる。
わたしは渾身の力をこめて、掬《すく》いあげるように、顫える右手を炎のなかに差し入れた。
行かせてはならない。
行かせてはならない。

蛾に、ひとりで行かせてはならない。……
しかし、蛾は、炎から逃げることもなく、
わたしの差しだす手に救われることもなく、
無化し、還元され、滅却し、いかなる跡も軀も名も徴も残さず、
ひとりで、消えてしまった。

そのとき、最後の楔《くさび》は外れた。
右の掌に残った、白斑の火傷《やけど》をながめながら、
わたしだった身体は、静かに崩れ落ちた。
そして、最後の燈火がふっと、絶えた。

第七章　詩人ファリード

かん高い金属音が耳に響いた。

なにか金属器が、地面に落ちてはじけた音。——

ファリードがおずおずと目を落とすと、目のまえに短刀が落ちていた。

血はついていなかった。刃は白い光を輝かせている。

語り手の男は、なにもいわず手をのばし、それを拾いあげた。なにごともなかったかのように、なれた手つきで腰にさしてあった鞘に収めた。

語り手の男は、ひどく哀しげな目をしていた。


いつのまにか、あの煙霧もすっかり晴れていた。

手前の蠟燭はかなり短くなっていたが、あいかわらず白い煙をたなびかせていた。

しかし、その勢いは先程までとは比ぶべくもない。あの独特の香りも、いまでは文字どおり雲散霧消してしまった。

語り手の男の傍らには、黒い灰が山とつまれている。書物が燃やされて、できた灰である。

その灰の山の頂上に一冊、燃えずに残っている書物がある。

その表紙には『智の光《ヌール・アル・ウルーム》』と記されていた。

ファリードは、その蠟燭と、書物とを、茫然とながめていた。

それらは、かれにさずけられるはずのものであった。


もう話すことはない。――

語り手の男はそういうと、口を真一文字にむすび、おし黙ってしまった。

ファリードはていねいに礼をいって、穹廬を辞した。

まだ昼である。外は嘘のように晴れていた。雲ひとつない。

風が強い。

ファリードの衣は帆のように風をつつみこみ、翻《ひるがえ》った。

すると、あの香りがかれの鼻をかすかにくすぐった。

それは、まるで残り香のようにはかなく香り、――きえた。

おそらく衣に残っていた粒子が風にあおられて、鼻にふりかかったにちがいない。

まるで、蛾の鱗粉のように。――

あの茶褐色の蠟燭から噴き出していた煙の、あの独特の香りである。語り手の男の話のなかで聖者ハラカーニーが、聖者アブー・ヤズィードの聖衣の匂いを凝縮したものだ――などと説明していた、あの香りである。ハラカーニーはアブー・ヤズィードのもつ聖衣を熱望したが、得られたのはその匂いだけであった、という。

しかし、あの香りは衣の匂いなどではない。

ニザール派の毒――大麻《ハシーシュ》の香りである。

ファリードは識っていた。

あの茶褐色の蠟燭は、乾燥大麻が練《ね》りこまれたものにちがいない。

大麻の幻覚作用を用いるのはなにもニザール派ばかりではない。イスラームの神秘主義教団はもとより、ゾロアスター教徒のなかにもハオマなどと称して口にする者は多い。

伝説によると、預言者ムハンマドはその死の床で、自らの粗衣をいずれ現れるウワイスにさずけるよう遺言した。ウワイスに託されたその衣はのちに、かれの教えを継ぐアブー・ヤズィードの手に渡った。若きハラカーニーが熱望し、アブー・ヤズィードの霊がかたくなに惜しんだのも、それが預言者の衣だったからである。神秘道《タサッウフ》において、法燈を継ぐ者は、その証として衣鉢——つまり師の衣をさずけられることになっている。

聖者ハラカーニーにかろうじて伝えられた《聖衣の匂い》は、時を経るにしたがって大麻蠟燭というかたちに集約され、継承されていったのである。

そして、語り手の男の傍らにあった、あの書物。——

『智の光《ヌール・アル・ウルーム》』という名のその書物は、聖者ハラカーニーの死後にその門弟たちによって編まれた、かれの伝承集である。

そう。——聖者ハラカーニーは、百年以上もまえに死んだ実在の聖者なのである。

あの語り手の男が、ハラカーニーの教えを現実に承けられたはずがない。

百年以上もまえに死んだ聖者を師と仰ぐあの男は、疑いなくウワイス派の後継者であった。

大麻蠟燭と、伝承集『智の光《ヌール・アル・ウルーム》』。――

それらは、ウワイス派の法統のなかで代代継承されてきた聖具なのである。

ウワイス派の継承者たちは、伝承集から先師ハラカーニーの事蹟や言説を学んだ。

そして、門徒たちに楽園を幻視させたニザール派のように、大麻蠟燭を用いてその師法を伝えたのである。

不意に穹廬のなかから、語り手の男のズィクルが聞こえてきた。

ウワイス、ウワイス、ウワイス、……

それはまさしく、ウワイス派の法燈を継ぐ者のズィクルであった。

＊

ファリードは両手を拡げ、大きく息を吸いこんだ。清新な空気が身体の隅隅《すみずみ》に沁《し》みてゆくのが、わかる。

岩塊のさきに立った。悠然とした風景が氾《ひろ》がる。

青い空を、一羽の黒い鳥が渡ってゆく。

ファリードはかなり長い間そうして、その黒い翼《つばさ》が空のかなたに消えてゆくのをながめていた。

頭のなかに澱《よど》んでいたさまざまの雑念も空の青に溶けて、洗われてゆく気がする。

しかし、あの目。——

語り手の男が、短刀を拾いあげるときに見せた、あの瞳。

あの哀れみに満ちた色だけは、忘れることができなかった。

あの男の語った《物語》は真実だったのかもしれない。真理だったのかもしれない。

しかし、事実ではない。

あの《物語》は、あくまでも聞き手のために語られた物語にすぎなかったのである。

《物語》のなかで、三人の人間が死んだ。

一人目は、カーシムという名のスーフィーであった。

二人目は、ホセインという名のシーア宗徒であった。

三人目は、シャムウーンという名のゾロアスター教徒であった。


一方、主人公アリー。《物語》によると。――


アリーの祖父は、ゾロアスター教徒であった。

アリーの父親は、シーア宗徒であった。

アリーの第一の師は、スーフィーであった。


カーシム、ホセイン、シャムウーン――この三人の死者がになっていた役割は非常に明快である。つまりかれらは、行者アリーの修道生活に影響をおよぼしていた三人の宗教者――祖父、父親、老師――の表象なのである。

より率直にいえば、かれらは我欲――《ナフス》であった。

スーフィーの修行の道筋を七段階に分類した《神秘階梯《マカーマート》》。その第五階梯をになうのが《心との戦い《ムジャーハダ》》である。第一から第四までの階梯で、その身を俗世から退け、神の道に生きることを誓った修行者は、第五階梯において自我の象徴である《ナフス》をその精神から滅却しなければならない。これが第五階梯《心との戦い》《ムジャーハダ》の意義である。

ふつう《ナフス》というと、嫉妬心や猜疑心《さいぎ》、慢心といった、いわゆる倫理面での悪の情操をさすことが多い。さまざまな教派、宗派を経ても最終的にイスラームに至るのであれば、すくなくともそれまでの宗教体験を我欲とされることはない。イスラームに帰依するうえで、なんらさまたげにならないからである。

しかし、ウワイス派の場合はちがう。ウワイス派にとって、他のあらゆる宗教体験は障碍《しょうがい》でしかない。

なぜなら、それらは例外なく、言葉を用いるからである。

《神の絶対唯一性》《タウヒード》と神秘体験の徹底的な追究のはてに、ウワイス派は言葉を否定するに至った。いや、言葉を否定したからこそ、ウワイス派の名を掲げたといえよう。

それまでのスーフィズム、シーア宗はともに言葉の補助をもって神秘体験を獲得し、共有しようとする教派であった。ゾロアスター教徒にいたっては、言葉は呪言《マンスラ》としてその中枢に溶けこんでしまっている。

しかし、これらはいずれも、ウワイス派の教えをきわめるにあたっては大いなる障碍といわざるをえない。障碍というよりむしろ、神以外のものへの欲望《欺瞞》《リャー》というべきだろうか。

《ナフス》は具体的な形象をともなって修行者のまえに露《あらわ》れる。いみじくも《物語》のはじめに、アリーの老師はこういっていたではないか。

——ナフスはなんらかの表象をともなって現れることが多い。鼠、犬、蛇、狐、……さまざまだ。聖者ホセイン・マンスール・ハッラージは犬のかたちをしたナフスが走ってゆくのを見て、《ムジャーハダ》到達の確信を得たという。……

一般にナフスの形象は、老師のいうように、虫けらであったり、鳥獣のたぐいであることが多い。なぜなら、それらのになうナフスが小人的な情操であるからだ。ひとは虫けら同然の感情に苦悩し、惑う。だから行者はそれらを滅却せんとつとめ、その形象もまた虫けらであり、獣なのだ。

しかし行者アリーが滅却しなければならなかったナフスは、スーフィズム、シーア宗、ゾロアスター教という強烈な宗教体験であった。だからその表象も人間のかたちをとったのかもしれない。——というよりも、人間でしかその表象はにななえなかったのだろう。なぜなら宗教とは、人間にとってどこまでも人間の等身大でしかありえないではないか――ファリードは、そう思った。

――かれらはおまえの妄念から生まれたのだ。おまえのなかにいたのだ。だから、殺さなければならなかった。

《物語》のなかで、シャムウーンの姿をした男は、そういっていた。

カーシム、ホセイン、シャムウーン。――かれら三人はアリーの心に巣くっていた《欺瞞《リヤー》》であり《我欲《ナフス》》であった。ナフスは《物語》から放逐しなければならない。だから、アリーはかれらを殺さなければならなかった。

＊

ファリードは軽快な足どりで、岩塊の山径《やまみち》を下っていった。崎嶇《きく》な径だったが、長くはなかった。

ふもとにおり立つと、目のまえには平坦な路がまっすぐにのびている。人影こそなかったが、そこには行き交う旅人の生生しい轍《わだち》が刻まれ、自分がふたたび俗世へ近づいてきていることを予感させた。

（これで、よかったのだろうか――）

かれはいかにも未練がましい表情で、背後に迫る岩塊を見あげた。

赤茶けた岩肌。まばらな緑。――そこはまさしく、《物語》のなかで《山》と表現されていた巌である。

この《山》は結局、なにを象徴するものだったのだろうか。

預言者ムハンマドが天啓を得たヒラー山だろうか、ゾロアスター教の霊峰フカルヤだろうか。それとも、神鳥《スイーモルグ》の棲まう聖山カーフだったのか。……

カーシム、ホセイン、シャムウーンの三人は、アリーの心のなかの我欲《ナフス》が表出したものであった。だからアリーは、それらを殺し、放逐したのである。

しかしそれは、《物語》のある一面にしかすぎない。

――アリーも、ホセインも、シャムウーンも、そしてカーシムも、みな犯人なのだ。みな、だれかを殺しているのだ。

《物語》のなかでアリーは、ホセインがカーシムを殺し、シャムウーンがホセインを殺したという《事実》をあきらかにした。

この《事実》に即して《物語》を解体すると、《物語》はまったくべつの様相を呈することになる。この場合、カーシム、ホセイン、シャムウーンの三人がアリーのナフスだったなどという話とは、まるで別次元のものとなる。

かれら三人の正体は、ウワイス派の法統をになう聖者たちなのだ。

つまり、聖者ハラカーニーの師法を伝承する、アリーの先師たちなのである。

かれらが真実、カーシム、ホセイン、シャムウーンなどという名前の人物であったかどうかは、いまとなっては知るよしもない。しかし、かれらに相当する三人の先師が、アリーに先だって実在していたことはたしかなのだろう。

そして、かれらはつぎつぎに、殺しあった。——

第一の聖者カーシム(便宜的にそう呼ぶことにする)は、第二の聖者ホセインに殺され、そのホセインも第三の聖者シャムウーンに殺されてしまった。——《物語》のなかで披瀝《ひれき》されたアリーの推理どおりに。

そして、第三の聖者は、一介の行者アリーのまえに現れた。

襤褸《ぼろ》の白衣をまとい、駱駝《らくだ》をつれた聖者として。

駱駝をつれた聖者。それは伝説に謳われる聖者ウワイスの姿を擬したものにほかならない。預言者ムハンマドはその死の床にあって、門弟たちにウワイスの出現を予言した。

——南の方角に恩情深き者《ラフマーン》の息吹《いぶき》をかんじる。

《ラフマーン》とは、南アラビアにおいて神を意味する語である。

預言者の遺命をうけてウワイスの捜索にのりだした教皇《カリフ》たちは、二十年目にしてようやく、メッカ近くで駱駝に草を食《は》ませているかれを発見した。

その姿は、かき乱れた髪に襤褸の衣。——

そして、その掌には、白斑の瘢《きず》があったという。

ファリードは道端に雄雄しくそびえていた樹をみつけて、近づいた。根元の周辺に緑が茂る、みずみずしい場所である。

　そしてここが、行者アリーと第三の聖者シャムウーン――二人の邂逅《かいこう》の地であった。

　ファリードは腰をかがめた。樹の根元ちかくに、古紙のように黄ばんだ色をした白い石片が埋まっている。

　掘り出すまでもなかった。

　これはきっと、ホセインの頭蓋骨である。

　駱駝をつれた第三の聖者――シャムウーンは、このホセインの髑髏を手に、アリーに近づいた。髑髏のなかには、例の大麻蠟燭が仕込んであったにちがいない。

　そして、術を仕掛けた。

　こういうと語弊があるかもしれないが、しかしもっとも適切な表現でもあろう。シャムウーンは大麻煙の幻覚作用を用いて、アリーに幻術をほどこしたのである。そして、それは成功した。――

　アリーは本人の意識せぬままに、自らの履歴を――すなわち、幼少からの宗教体験を――すっかり吐露《とろ》させられたにちがいない。

　そしてシャムウーンはアリーを《山》へと導いた。

　そこから《物語》は、現実と幻想が逆転し、錯綜をはじめる。

《物語》のなかで、アリーは最終的に聖者ハラカーニーの影こそを幻想だと結論づけていたようだが、現実はその逆であって、あの影こそ唯一の現実であり、事実であった。

くりかえしになるが、《物語》のなかのカーシムやホセインという人物は、現実ではすでに殺されており、その形象はアリーのなかのナフスが夢幻のなかに表出したものである。つまりその存在は幻想であり、現実ではなかった。

そのことについてはアリーも、感覚的には気づいていたのかもしれない。

——あの老人は、ずっと死んでいたのではないのか。

かれはカーシムの死にたいして、そう直観していた。

《物語》のなかの、あのゾロアスター教徒のシャムウーンにしてもおなじである。かれの形象もナフスにすぎなかった。現実ではない。現実の聖者シャムウーンの実体をアリーは見ることができなかったのだから。

アリーが唯一見ることのできた現実は、影だけであった。

影。――

アリー自身《物語》の最後で気づいたように、蠟燭という唯一の光源が穹廬の内側にある以上、なかにいる人間に穹廬の外にいる人間の影が見えたはずがない。つまり、アリーの見ていた影は、穹廬の内側にいた人間の影にほかならない。――といっても、かれ自身の影ではない。かれは光源に直面していたのだ、自らの影を正面に見られたはずがない。

あの影は、穹廬のなかにいた、もうひとりの人間。

すなわち、目のまえで術をほどこすシャムウーンの影であった。

＊

第三の聖者シャムウーンは、巡礼の行者アリーを見いだすと、大麻蠟燭の煙を嗅がせて、術をほどこした。かれはアリーを《山》に導き、ウワイス派の師法伝授の下準備として、そのナフス放逐に手を貸した。

夢幻のなかでアリーに、その老師の幻影をになっていたカーシムを殺させ、父親の幻影をになっていたホセインを殺させ、そして最後には祖父の幻影をになっていたシャムウーンを殺させた。——それは時間にして、たかだか一本の蠟燭が燃え尽きさえしない間の出来事であったろう。

ところが、そうした死の連環を通じてアリーは、その《物語》のなかにべつの一面を見いだし、闡明することになる。すなわち、カーシムはホセインに殺され、ホセインはシャムウーンに殺された、という《事実》である。

しかしアリーは、かれらの背後に脈脈と横たわる聖者ハラカーニーの法統——すなわちウワイス派聖者の系譜——に気づくまでには至らず、まして、その延長線上で自分自身がシャムウーンを刺し殺すことになろうとは、予想だにできなかった。

では、なぜかれらは、つぎつぎと殺しあったのだろうか。

ファリードは腰をかがめたままで、地中にうずまった髑髏をながめていた。

風が地を這うように駆け抜けてゆき、舞い散った砂がわずかずつだが、その髑髏の上にふりそそいだ。スーフィーの残滓《ざんし》は静かに、土に還《かえ》ろうとしている。

ファリードは膝に手をおき、ゆっくりと立ちあがった。

そして、ふたたび——背後に迫る岩塊をふりかえった。

第三の聖者は、――

シャムウーンは、殺されるために、アリーに術をほどこしたのである。

《神の絶対唯一性《タウヒード》》。

イスラームにおけるこの絶対命題を極限まで追究した結果、あらゆる偶像とその根源とを徹底的に否定し、排除するに至った一派があった。のちにウワイス派という名を掲げたこの一派は、やがて、言葉こそが神への道を阻害する偶像たちの温床であり、最終的な根源であることに気づいた。

しかし言葉の否定は、スーフィズムにとって致命的な問題をもたらす。

言葉を用いずに、教えは伝わらないのである。

師資相承――教えは言葉によって師から弟子へと承け継がれる。

すなわち、言葉はスーフィズムにおける中核であり、その源泉はほかならぬ導師なのである。言葉はつねに師に発し、流れる。師と弟子のあいだで教えを伝え、承《う》ける以上、師はつねに言葉の濫觴《らんしょう》でありつづけなければならないのだ。

だから――師を殺すのである。

言葉を否定するために、その口をふさぐのである。

教えは師から承けざるをえない。しかし、言葉の源泉としての師の存在を肯定することはできない。言葉を否定しなければならないウワイス派の後継者は、教えを伝える師を崇敬しつつ、言葉を吐く師を厭わなければならない。そして師は、後継者にそう思わせなければならない。

結果、弟子は師を殺すことになる。

師を殺すことで、その師が師であることを否定し、言葉の源泉をせき止め、媒体としての言葉を無用化し、言葉の否定を神に盟《ちか》うのである。

その盟いの証こそが、師の屍である。

だから師は屠られ、供物としてささげられたのだ。

ウワイス派において導師の存在とは、先師の教えを伝えるだけの《器》にすぎなかった。中身が伝われば、空になって《形相》だけの器に用はない。第三の聖者シャムウーンも、その実在自体はアリーにとって、空っぽの器にすぎなかった。

しかし、かれらは、言葉を吐く人間としての師は否定しても、自分たちの法統につらなる聖者としての先師を否定することはなかった。

だからウワイス派は、故人を師と仰ぐのである。

ウワイス派において、すべての導師は死んでいなければならない。生きている導師などいないのだ。死んでいることこそが、師としての最低条件なのである。かといって、かれらは師の存在は否定しても、師の意義を否定するわけではない。だから必然的に、故人の名が師として掲げられるのである。

しかし、こうしたウワイス派にとってまったく自然な論理も、他教派にとってはただの異端的狂気である。ゆえにウワイス派には、霊から交信によって教えを承ける、などといった邪教的なイメージが糊塗されたのだろう。

弟子が師を殺す。

こうしてウワイス派における第五階梯《心との戦い》《ムジャーハダ》は完成する。

第五階梯に到達した者——師を殺した者——にはつづいて、第六階梯が待っている。

第六階梯《神への絶対信頼》《タワックル》——あらゆる主体性を放棄し、自己のいっさいを唯一なる神へとゆだねることである。

自我を滅却し、師を殺すことで言葉を——あらゆる偶像を否定してしまったウワイス派修行者に残る、最後の主体性とは当然《生》そのものにほかならない。

肉体に内蔵された《生きる》という最後の主体的指向を否定するためには、その生体活動を停止させる以外にない。

だから、かれらは、その後継者に自分を殺させるのである。

師が弟子に殺される。――

こうしてウワイス派における第六階梯《神への絶対信頼《タワックル》》は完成する。

ファリードは感嘆の息をもらした。

見事な生と死の連環である。――

二人の神秘家の、ひとつの生と死の交換によって、二つの階梯が同時に完結する。

そしてそのあとには、ウワイス派というひとつの法統が残るのである。

かつて、聖者ハラカーニーの教えを継ぐ、カーシムという聖者がいた。かれはホセインという後継者を見いだし、その教えを伝えた。教えを承けたホセインは必然として、師カーシムを殺した。師を殺したホセインは門弟を求め、シャムウーンという後継者を見いだす。教えを伝えたホセインはやはり、シャムウーンに殺されてしまった。

そしてシャムウーンは、アリーを見いだし、見事に殺されたのだ。

アリーがシャムウーンの心臓に短刀を突き刺したとき——それはウワイス派の法燈が承け継がれる瞬間であった。

シャムウーンは斃《たお》れ、アリーの第五階梯は完成した。と同時に、シャムウーンも殺されることによって第六階梯を完成させ、最終階梯《境地《ハール》》へと至った。……そして、

そして。……

ファリードは自らの両手を目のまえにもちあげた。

そして、その両掌を閉じ、開き、また閉じた。

まるで、そのなかにあった感触をなつかしむように。……

（わたしは、短刀を落としてしまった——）

脳裡に、語り手の男の、あの哀しげな目がよみがえる。

たしかに、あの《物語》は事実ではなかったのかもしれない。

しかし、真実はあのなかにあったのではないか。

光り輝く真理は、あの掌のなかに。——

＊

ファリードは、大きく息をついた。

なにかを、吹っきるように。……

そして、ファリードは気づいた。

あの《物語》は、わたしのために語られたものなのだ。——

詩作にふけり、聖者伝を誌《しる》そうなどというわたしは、さしずめ言葉に囚われた哀れな人間である。あの謎物語はいかにも、言葉に囚われた愚か者への恩情深き葬送詞ではないか。

《物語》のなかで、生と死の連環は二つの実相をもって、わたしの目のまえに展開された。それはウワイス派の教義であり、系譜であった。

ウワイス派の思想、法統、師法、秘儀を載せた謎物語は、わたしにその謎を解かれるべく、わたしにむけて放たれた。いまでこそ《物語》は言葉でもって整理され、闡明され、解体されたが、そんな言葉よりさきに、そんな言葉を越えてわたしは、短刀を手にとり、《物語》を理解し、応えようとした。

（しかし、わたしは、それを――）

拒絶したのだ。

ファリードは決然と足を踏みだした。

目のまえに路がのびている。かれはその真ん中に立った。

地平線のかなたに、砂塵が見える。

それは巡礼者たちの跫音《あしおと》。なれ親しんだ俗世の風景。――

いま、火蛾になりそこねた哀しき蛾は、そこへ帰ろうとしている。

聖者ウワイスの伝説にはひとつ、大きな謎が残されている。

なぜウワイスは、預言者ムハンマドに会おうとしなかったのか、というものである。ウワイスが聖地メッカを訪れたのは、預言者の死後しばらくたってからのことであった。伝承ではそれを、貧困や親の世話のためだったなどとしているが、いかにも疑わしい。史家のあいだにはウワイスの実在を疑問視する声さえあるという。真に最高の信仰者であれば、なにをおいても預言者のもとに駆けつけるはずではないか、というのである。
しかしファリードは、そうはおもわない。
いまのかれには、その理由がはっきりと、わかる。

ウワイスは、きっと、——
死んでもいない人間の教えなど聴く気になれなかったのだ。

ファリードは歩きはじめた。
目のまえにはただ広漠と、蒼穹《そうきゅう》と大地があった。
その黄褐色の大地をつらぬくように——巡礼路は地平線までのびている。
そのかなたに、聖地メッカがあるはずだった。

参考・引用文献

『イスラーム神秘主義聖者列伝』(アッタール著・藤井守男訳・国書刊行会)
『イスラーム文化』(井筒俊彦著・岩波文庫)
『ゾロアスター教の悪魔払い』(岡田明憲著・平河出版社)
『イスラム　思想と歴史』(中村廣治郎著・東京大学出版会)
『イスラムの神秘主義』(R・A・ニコルソン著・中村廣治郎訳・平凡社ライブラリー)

作中のコーランの引用は井筒俊彦氏の訳に、またセネカの引用は佐々木直次郎氏の訳によるものです。

解説

佳多山大地（書評家）

フィリップ・ゲダラが書いているが、日本の古泉迦十《こいずみかじゅう》作の小説『火蛾《ひが》』は、「訳者の興味をそらすことのまれなイスラームの寓意詩と、当然のごとくジョン・H・ワトソンをしのいで、孤絶のさまも申し分のない《山》でくり広げられる死の恐怖を完璧に描く探偵小説との、少々ぎくしゃくした組合わせ《ア・ラザー・アンカムフォータブル・コンビネイション》である」という。彼以前にもセシル・ロバーツ氏は、古泉本に見られる「ウイルキー・コリンズと十二世紀のペルシャの有名な詩人、ファリード・アッタールとの二重の、信じがたい結合」を批判した。

――

＊　＊　＊

まるで夢を見ているようだ。古泉迦十の手になる長編『火蛾』（二〇〇〇年九月、講談社ノベルス初刊）が、発表から二十三年近い時を経て文庫化されるなんて。

物語の舞台は中近東、時は西暦一一〇〇年代後半とおぼしい。ペルシア出身の詩人であるファリードは、とある穹廬《テント》の中に座している。神の友たる聖者たちの逸話伝承を収集している彼は、伝説の信仰者ウワイス・カラニーの教派に連なるという男のもとを訪ねたのだ。いかにも神秘家然としたその男が語る《物語》の主人公は、イスラーム神秘主義を極めんとする若き行者アリー。聖地メッカを目指す旅の途中、決して生身の姿は見せない導師ハラカーニーの住まう《山》の頂にアリーが足を踏み入れるやいなや、導師のほかの弟子たちが次々と不可解な死に見舞われて……。

われわれ日本人一般には馴染みの薄いイスラーム神秘主義思想を題材に目眩《めくるめ》く謎解きの物語を構築した古泉迦十は、先の千世紀の変わり目に登場した新人作家のなかでも殊《こと》に話題の的となった。初刊ノベルス版のカバー袖に記されていたプロフィールは、「1975年生まれ。本書で第17回メフィスト賞を受賞しデビュー」とだけ。いったいこのような誰も読んだことがない推理《ミステリー》小説を書き上げた、当年（二〇〇〇年）取ってまだ二十五の恐るべき若者の正体は？

無名の新人のデビュー作は、二〇〇〇年末の各種ミステリーランキングにおいても俄然注目を集めた。「本格ミステリ・ベスト10」では惜しくも第二位だったが、第一位の泡坂妻夫『奇術探偵曾我佳城全集』が大ベテランの二十年がかりの仕事だったことを考慮すれば、実質この年に発表された国産本格ミステリーのなかで最高の評価を得たと断じていいだろう。広義のミステリーを対象とする国内ランキングでも、「週刊文春ミステリーベスト10」で第十位、「このミステリーがすごい！」でも第十四位と健闘した。

――しかし。かくも好評を呼んだ『火蛾』が、発表から二十三年目の今まで文庫化されずにきたことには、大きく二つの理由がある。理由のひとつは、残念ながら、初刊ノベルス版が充分な商業的成功をおさめたとは言えないこと。今回の解説依頼が舞い込んだとき講談社文庫編集部の担当者に尋ねたところ、世に出回ったノベルス版『火蛾』は二〇〇一年一月の第二刷までで、初刷と合わせても二万部に止《とど》まったと知る。それでも決して悪くない数字に思えるが、業界的な目安である〝三年後に文庫化〟のゴーサインは見送られたということだ。

そして二つ目の、より大きな理由は、作者の古泉が二作目を書かなかったことである。出生地も性別も学歴も職業も不明の作者、古泉迦十。この文庫版のカバー袖や奥付に記されてある彼（彼女？）のプロフィールを見よ。プライベートはもとより、作家としての情報量は微塵《みじん》も増えることなく、とうとう二十三年の月日が経とうとしている。そう、悪くいえば一発屋。新作を書かない作家に、出版社が冷たいのは致し方ない。

そんなこんなで〝幻の名作〟と化した『火蛾』は、幸い二〇一七年一月に電子書籍化されてはいるけれど、どうしても紙の本で読みたい向きは二〇二三年三月現在、だいたい五千円前後の値段がついた古書を買い求めるほかなかった。ノベルス版の定価は八八〇円（税別）だったので、およそ五、六倍が相場だ。まこと今回の文庫化は、この類い稀なミステリー長編の存在があらためて世に広告される好機であり、とりわけ年若いミステリーファンがどう反応してくれるか楽しみだ。

ところで、この解説の冒頭で示した一文について、遅まきながら説明しないといけないな。《物語》の聞き手として登場する詩人ファリードの名を、年来のミステリーファンはJ・L・ボルヘスの短編「アル・ムターシムを求めて」（岩波文庫『伝奇集』所収、鼓直《つづみただし》訳）のなかで目にしているはずだ。実際は存在しない書物『アル・ムターシムを求めて』の書評という形態を取った、知的ユーモアと幻想味にあふれた逸品……。わが身のほどを知らず、ボルヘスの〝書評の幻〟の冒頭をパロディーしてみた次第。

＊

驚異の新人、古泉迦十の『火蛾』は、中世イスラーム世界の文化・政治風土を背景にして虚実皮膜《きょじつひまく》の面白さに満ちている。ファリード・アッタールは実在した神秘主義詩人であり、散文の代表作として『イスラーム神秘主義聖者列伝』（同書の名は『火蛾』の参考・引用文献に明記されている）がある。いわゆる宮廷文学が主流の時代に、自らの詩を特定の王に一度も捧げなかった特異な人物だ。そのファリードがぜひ神秘の一端に触れたいと希《こいねが》った聖者ウワイス・カラニーは、預言者ムハンマドと同時代を生きた禁欲家であり、ウワイスの墓廟は現在のウズベキスタン内カラカルパクスタン自治共和国にある。――

いや、進んで白状するが、こうした知識は『火蛾』を読むまえには全然なかった〝後づけ〟だ。もしあなたが、今から『火蛾』をひもとこうとする読者なら、なんだか作品を理解するには高いハードルがあるようだと尻込みする必要はない。絶対的超越者である神をまえにして個人主義（自我）を徹底的に否定するイスラーム神秘主義どころか、そもそもイスラーム（イスラム教）について大した理解のない僕が心《しん》から驚歎できたのだから大丈夫。人間のする合理的推論など不信の対象でしかないイスラーム神秘主義思想の真髄と、合理的推論を弄ぶ面白さをこそ真髄とするミステリーとの、ありえざる奇蹟的な融合……！　小説『火蛾』のこの点についてゲダラが、「少々ぎくしゃくした組合わせ《ア・ラザー・アンカムフォータブル・コンビネイション》」と評したのはやはり辛《から》すぎると言うべきだろう。

――あれ？　この解説を書いている今も今、恥ずかしながらようやく気づいたのだけれど、『火蛾』の「蛾」って、あつらえたような漢字だ。ああ、まったくもって虫けらのごとくつまらない我（我執）。それを燃える火でもなんでも滅却させてしまうことこそウワイス派の真髄なのだった。

思うに、死者をこそ師とするウワイス派の実践的神秘道は、本格ミステリーにおける伝統的創作道と意外にも近いのではないか？　かのエラリー・クイーンは、これまでに創造された探偵三巨人として、E・A・ポオのオーギュスト・デュパンとコナン・ドイルのシャーロック・ホームズ、G・K・チェスタトンのブラウン神父を挙げた。だが、後二者と前者のあいだには、時間的な断絶がある。ミステリーファンには周知のとおり、ドイル（一八五九年生）やチェスタトン（一八七四年生）が彼らの探偵の活躍ぶりを描くときポオのデュパン物に学んでいたことは明らかだが、彼らが生まれたときすでにポオはこの世の人でなかった（一八四九年歿）。近代合理主義精神の賜物《たまもの》であるミステリーの伝統もじつは死者を師として始まったのであり、それは今もずっと変わらないと言える。始祖ポオを筆頭に、亡き数に入った作家を師と仰ぎ、彼らの遺した御業《みわざ》を乗り越えんとすることは美徳とされてきたのだから。

――それにしても。なぜ『火蛾』は二〇二三年の今になって突如、文庫化されるのだろう？　この間に、わが国日本においてイスラーム理解が深まったから、という感じもしない。むしろ『火蛾』刊行の翌年九月十一日に起きたアメリカ同時多発テロ事件以降、深まっているのは無理解のようなうな。また、これはこれで今流行《はや》りの特殊設定ミステリーじゃないかと版元がヘンな色気を出した、ということでもなさそうである。ならば、ついに古泉迦十が一発屋などという不名誉な称号の返上に動き出していて、幻の名作たるデビュー作の文庫版刊行はその〝前宣伝〟である可能性は？　もし待望の二作目が出るなら、それは『火蛾』とは全然別個の話であるはずだ。それでこそ『火蛾』という小説の絶対唯一性は保証され、真に完成しつづけるのだから。

追記　なんとこの解説のゲラ刷りが送られてくる段階で、古泉迦十のプロフィールに「星海社より次回作『崑崙奴』出版予定」という一文が加わるとのグッドニュースを同時に知らされた！　どうやら古泉本人から、そう申し出があったようである。

本書は二〇〇〇年九月、小社ノベルスとして刊行されました。

|著者|古泉迦十　1975年生まれ。本書で第17回メフィスト賞を受賞。星海社より次回作『崑崙奴』出版予定。

火蛾《ひが》

古泉迦十《こいずみかじゅう》

講談社文庫

定価はカバーに
表示してあります

2023年５月16日第１刷発行

発行者――鈴木章一
発行所――株式会社　講談社
東京都文京区音羽2-12-21　〒112-8001
電話　出版（03）5395-3510
販売（03）5395-5817
業務（03）5395-3615

KODANSHA

デザイン―菊地信義
本文データ制作―講談社デジタル製作
印刷―――株式会社KPSプロダクツ
製本―――株式会社国宝社

Printed in Japan

ISBN978-4-06-531314-5

講談社文庫刊行の辞

二十一世紀の到来を目睫に望みながら、われわれはいま、人類史上かつて例を見ない巨大な転換期をむかえようとしている。

世界も、日本も、激動の予兆に対する期待とおののきを内に蔵して、未知の時代に歩み入ろうとしている。このときにあたり、創業の人野間清治の「ナショナル・エデュケイター」への志を現代に甦らせようと意図して、われわれはここに古今の文芸作品はいうまでもなく、ひろく人文・社会・自然の諸科学から東西の名著を網羅する、新しい綜合文庫の発刊を決意した。

激動の転換期はまた断絶の時代である。われわれは戦後二十五年間の出版文化のありかたへの深い反省をこめて、この断絶の時代にあえて人間的な持続を求めようとする。いたずらに浮薄な商業主義のあだ花を追い求めることなく、長期にわたって良書に生命をあたえようとつとめるところにしか、今後の出版文化の真の繁栄はあり得ないと信じるからである。

同時にわれわれはこの綜合文庫の刊行を通じて、人文・社会・自然の諸科学が、結局人間の学にほかならないことを立証しようと願っている。かつて知識とは、「汝自身を知る」ことにつきていた。現代社会の瑣末な情報の氾濫のなかから、力強い知識の源泉を掘り起し、技術文明のただなかに、生きた人間の姿を復活させること。それこそわれわれの切なる希求である。

われわれは権威に盲従せず、俗流に媚びることなく、渾然一体となって日本の「草の根」をかたちづくる若く新しい世代の人々に、心をこめてこの新しい綜合文庫をおくり届けたい。それは知識の泉であるとともに感受性のふるさとであり、もっとも有機的に組織され、社会に開かれた万人のための大学をめざしている。大方の支援と協力を衷心より切望してやまない。

一九七一年七月

野間省一